Mordstheater

Edition BOD

Über das Buch:

Ein Toter wird im Rheinauhafen aufgefunden. Kein Geld, keine Papiere, kein Haustürschlüssel. Alles deutet auf einen tragischen Unfall hin. Doch dann wird der Journalist Torsten Fink in der Wohnung des Toten von einem Maskierten niedergeschlagen. Seine Recherchen führen Ihn schließlich in die Kölner Theaterszene, wo er zusammen mit Hauptkommissar Knut Ohlsen die merkwürdigsten Machenschaften aufdeckt.

Über den Autor:

Jan Bergrath, Jahrgang 1958, wuchs am Autobahnkreuz Köln-West auf und studierte in Köln Anglistik und Geografie. Er arbeitet als freier Journalist. Seit vielen jahren ist er ein intimer Kenner der Kölner Theaterszene. Sein erster Roman, Hamlets Schottlandfahrt, gilt als absoluter Geheimtipp unter Shakespeare-Fans.

Jan Bergrath

Mordstheater

Ein Kriminalroman aus Köln

Bücher für Entdecker
Die Books on Demand GmbH bietet Autoren durch die Zusammenführung von neuer Drucktechnologie und klassischen Vertriebswegen eine moderne Verlagsplattform zur Veröffentlichung ihrer Werke. Viele Debütanten, etablierte Autoren und engagierte Verleger nutzen den Publikationsservice von Books on Demand und bereichern den Buchmarkt mit vielfältigen und individuellen Titeln. Mit »BoD Regional« hat BoD eine Reihe ins Leben gerufen, in der herausragende Neuerscheinungen mit regionalem Bezug einen besonderen Platz finden. Lesen Sie selbst, welche Entdeckungen das Programm von Books on Demand möglich macht.

Mehr Infos auch auf www.bod.de.

Bibliografische Information der Deutschen Bibliothek:
Die Deutsche Bibliothek verzeichnet diese Publikation
in der Deutschen Nationalbibliografie;
detaillierte Daten sind im Internet über
<http://dnb.ddb.de> abrufbar.

2. Auflage 2006
© 2006 Jan Bergrath
Herstellung und Verlag: Books on Demand GmbH, Norderstedt
ISBN 3-8311-4127-4

Das ganze Welt ist eine Bühne
William Shakespeare

Samstag

Endlich hatte es aufgehört zu regnen. Trotzdem war kaum jemand rund um den Rheinauhafen unterwegs. Er musste unbedingt eine wichtige Entscheidung treffen. Und die frische Luft half ihm, einen klaren Kopf zu bekommen.

Langsam ging er die Bayenstraße entlang. Alles schien plötzlich gegen ihn zu sein. Es hatte sich im Laufe des Tages abgezeichnet. Und nun drohte die knappe E-Mail, die er eben gelesen hatte, das mühsam aufgebaute Kartenhaus endgültig einstürzen zu lassen. Doch er konnte keinen klaren Gedanken mehr fassen, um seine Stellungnahme zu der neuen Entwicklung zu schreiben. Deshalb hatte er noch kurzfristig auf das Treffen gedrängt.

Die kleine Gittertür ganz in der Nähe vom Bayenturm war wieder offen. Meistens vergaß ein Anrainer der Agrippinawerft, das Tor am Abend wieder abzuschließen. Das ersparte ihm den Weg über den Haupteingang und unangenehme Fragen des Nachtwächters.

In der beginnenden Dämmerung sah er die Konturen einiger Laster vor den Lagerschuppen. Er schritt über die grasbewachsenen Gleise der stillgelegten Güterbahn und ging direkt auf das allein stehende Haus von Slahbohm & Mertens zu. Ein ungewöhnlicher Ort für eine Goldschmiede, dachte er immer wieder, wenn er die einsame Stelle erreichte. Er fand diesen Charme des Morbiden romantisch. Das letzte Mal war er mit Gaby hier gewesen. Gaby fand es eher unheimlich.

Er sah auf die Uhr. Halb zehn. Noch hatte er Zeit. Bei Maria im Büdchen an der Ecke hatte er sich noch schnell zwei Flaschen Früh geholt. Du siehst müde aus, hatte Maria gesagt. Maria war immer entwaffnend direkt. Dafür liebte er sie. Nicht umsonst war er einer ihrer treuesten Stammkunden. Du kannst ruhig später zahlen, hatte sie gesagt. Denn in der Eile hatte er seine Brieftasche in der Wohnung liegen gelassen.

Er kletterte vorsichtig über das alte gelbe Geländer. Die Steinquader der Kaimauer waren glatt. Er holte die beiden Flaschen Früh Kölsch aus der weißen Plastiktüte, stellte sie neben den gelben Doppelpoller, faltete die Tüte doppelt und legte sie auf den kalten Stahl. Vorsichtig setzte er sich drauf.

Es roch brackig. Träge floss der Rhein unter der Severinsbrücke hindurch. Nur an dieser Stelle war es möglich, auf einem schmalen Grat direkt am Rhein zu sitzen. Das allerdings war nicht ungefährlich. Irgendwann hatten die neuen Investoren im Rheinauhafen das gesamte Gelände mit einem hohen verchromten Stahlgeländer eingezäunt. Direkt an der Kante der Kaimauer. Wahrscheinlich hatten sie Angst, dass ein Spaziergänger oder ein Betrunkener in den Rhein fallen würde.

Er nahm den Schlüsselbund mit dem Flaschenöffner aus seiner Hosentasche. Von manchen alten Angewohnheiten würde er sich nie trennen. Er hebelte den Kronkorken ab und legte den Schlüsselbund neben die zweite Flasche. Aber es schmeckte schon nicht mehr richtig. Den ganzen Abend hatte er in der Südstadt Handzettel verteilt und nebenbei immer noch schnell ein Kölsch getrunken. Dann holte er aus seinem silberfarbenen Etui noch einen Zigarillo von Pfeifen Heinrichs heraus, steckte ihn an, zog genüsslich den Rauch ein und blickte auf die Kölnarena.

Bis heute war alles nach Plan gelaufen.

Er dachte an den zurückliegenden Tag. Der Theaterbummel auf der Schildergasse war ein erster Teilerfolg gewesen. Die ehemaligen Kollegen waren wirklich überrascht gewesen, seinen Stand tatsächlich gegenüber dem Café Riese zu sehen. Natürlich war es ihm nicht gelungen, seinen Coup bis zu diesem Termin wirklich geheim zu halten. Das war unmöglich in einer geschwätzigen Stadt wie Köln. Aber die meisten Kollegen hatten schlicht nicht daran geglaubt, dass er es auch tatsächlich wagen würde.

Er hatte sein Poster an die Stellwand geklebt und die Handzettel auf dem Tisch ausgelegt. Ein guter Platz. Als es angefangen hatte zu regnen, konnte er drinnen Kaffee trinken und trotzdem den Stand weiter beobachten. Die Stimmung war wetterbedingt schlecht gewesen. In der allgemeinen Hektik zwischen den Wolkenbrüchen war kaum jemand stehen geblieben, um sich Ausschnitte aus irgendwelchen Theaterstücken anzusehen.

Aber er hatte sich nicht gescheut, die vorbeieilenden Passanten anzusprechen oder ihnen einfach ein paar Handzettel in ihre prall gefüllten Einkaufstaschen zu stecken. Das war allerdings in den meisten Fällen vergebliche Liebesmüh gewesen. Ob seine Werbung jetzt hundert Meter weiter oder erst in Chorweiler oder Ossendorf im Mülleimer landen würde, machte bei der Menge auch keinen gravierenden Unterschied mehr aus. Schwund ist immer.

Sein Projekt war die Sensation der ganzen Veranstaltung gewesen. Sogar die Schnelle Rheinzeitung hatte bereits darüber berichtet.

Ein neues Theater in Köln.

Das Theater an der Ulrepforte.

Ein modernes, ebenerdiges Theater mit 200 Plätzen und einem gemütlichen Bistro mit netten, jungen, attraktiven und freundlichen Bedienungen. Keine Karoline Kaimann.

Der Standort war einfach ideal. Eine Straßenbahnhaltestelle auf dem Ring praktisch direkt vor der Tür. Nicht weit weg vom Chlodwigplatz und der Südstadt. Aber noch viel besser. Fast achtzig Parkplätze genau nebenan. Die hatte er als erstes für sein Theater reservieren lassen, um auch die Kollegen vom Keller und Sachsenring zu ärgern. Viele Theaterbesucher in Köln holten ihre reservierten Karten viel zu spät ab, weil sie keinen Parkplatz finden konnten. Oft genug stürmten nassgeschwitzte Männer eine Viertelstunde nach Vorstellungsbeginn leise fluchend in den Saal und quetschten sich auf der Suche nach ihren Frauen oder Freundinnen durch die engen Stuhlreihen. Falls die überhaupt einen Platz frei gehalten hatten.

In vier Wochen sollte die Premiere sein.

»Ausverkauft«.

Das war einfach der Knaller. Zum Glück hatte er noch die Kontaktadresse der Londoner Lost Theatre Company gehabt, die vor fünfzehn Jahren auf dem Edinburgher Fringe Festival mit dem frechen Theaterstück »Sold Out« einen Sensationserfolg gelandet hatte. Er hatte sich nicht nur die Erstaufführungsrechte an der Komödie gesichert, sondern auch die Freiheit, den Text zu aktualisieren und den kulturellen und sprachlichen Gegebenheiten in Deutschland anzupassen. Nicht nur eine reine Übersetzung zu machen, bei der allein der Autor Ruhm, Ehre und die Kritiken einheimsen würde.

Die englische Vorlage war schon gut. Aber die deutsche Fassung erst recht.

Das Theater an der Ulrepforte spielt ein zeitkritisches Stück über eine schlagkräftige Gruppe von Globalisierungsgegnern, die sich auf den nächsten Weltwirtschaftsgipfel vorbereitet. Leider will kaum jemand das Stück sehen. Selbst für den Samstagabend gibt es nur wenige Vorbestellungen. Zufällig trifft der Techniker des Theaters, ein in Köln geborener Albaner mit einjähriger ABM-Stelle, den Parteivorsitzenden der Grünen aus dem Bezirk Altstadt-Mitte. Der wollte eigentlich nach der außerordentlichen Fraktionssitzung mit seiner Mannschaft in die Nachmittagsvorstellung des Musicals »Saturday Night Fever« im Musical Dome, hatte aber so kurzfristig keine Karten mehr bekommen. Nun ertränkt die bunte Truppe ihren Frust beim Früh im Veedel.

Kein Problem, sagt der Techniker an der Theke. Wir machen auch ein Musical. Sogar ein politisches. »Globale Angst«. Es gibt auch noch ein paar Restkarten. Der Grüne ist völlig begeistert über die unerwartete Alternative. Sofort rennt der Techniker ins Theater an der Ulrepforte und informiert die schlecht gelaunten Schauspieler, deren Gage ausschließlich von der Zahl der Besucher abhängt. Die gute Nachricht: Heute Abend sind wir ausverkauft. Allerdings müsst ihr ab sofort alle singen.

Unwillkürlich musste er an das Festival in Edinburgh zurückdenken. Drei Wochen war das kleine Theater auf der Goldenen Meile tatsächlich ausverkauft. Und natürlich hatte er sich die Schlangen vor der Tür auch schon für das Theater an der Ulrepforte ausgemalt. Vielleicht nicht ganz so laut wie mit einem nackten und schwulen Jesus auf der Bühne, dafür deutlich weniger Ärger mit dem Oberbürgermeister. Außerdem war das Stück besser geschrieben. Und natürlich übersetzt.

Von der Stadt Revue, der Kölner Illustrierten, der Schnellen Rheinzeitung bis hin zur Veranstaltungsbeilage im Stadt-Anzeiger würde nur »Ausverkauft« in der Spalte für das Theater an der Ulrepforte stehen. Ein schöner PR-Trick. Der Erfolg eines Stückes hängt nicht nur davon ab, ob es wirklich gut ist, sondern wie viele Leute ins Theater rennen. Oder ob andere Leute glauben, dass viele Leute ins Theater rennen. Was ausverkauft ist, muss auch gut sein.

Er zog den letzten übrig gebliebenen Handzettel aus der Innentasche seiner Lederjacke. Sein genialer Grafiker hatte den gesamten Weltschmerz der Neuzeit in eine sehr ansprechende Zeichnung gepackt. Der eigentliche Titel relativ klein: »Globale Angst«. Darüber groß und fett, auf den ersten Blick wie ein Aufkleber: »Ausverkauft«. Zweifarbig. Schwarz und rot. Seine Lieblingsfarben. Das war im Druck nicht ganz so teuer. Die Schauspieler fanden ihn gut. Gaby auch. Das war ihm sehr wichtig. Gaby hatte ihn am meisten in seinem Vorhaben bestärkt.

Er hatte einen Regisseur gefunden, der schon in der Comedia und im Bauturm ein paar erfolgreiche Komödien inszeniert hatte. Und er hatte die vier besten freien Schauspieler in Köln von seinem Projekt überzeugt. Die Proben hatten bereits letzte Woche begonnen.

Er steckte den Handzettel wieder ein, trank die erste Flasche leer und stellte sie neben den Poller. Langsam merkte er das Kölsch. Aber die laue Septemberluft hielt ihn bei Sinnen. Er atmete tief durch und sah sich um. Es war ruhig im Rheinauhafen. In der Ferne strahlte grün der Dom. Das Schokoladenmuseum warf sein blaues Licht ins Wasser.

Er sah in die Tiefe. Unter sich konnte er die Umrisse eines Kohleschiffes ausmachen. Was die wohl am Samstag hier machen, fragte er sich. Hier ist doch gar kein richtiger Hafen mehr. In der Kajüte am Heck brannte kein Licht. Wahrscheinlich war der Kapitän ein Bier trinken. Er blicke sich um. Kein Mensch war zu sehen. Gleich war das Treffen. Maria würde die zweite Flasche Kölsch sicher zurücknehmen. Er würde im Stollwerck lieber noch ein frisches Kölsch trinken.

Plötzlich schreckte er hoch, weil er meinte, ein Geräusch vernommen zu haben. Nichts. Nur einige unheimliche Schatten im fahlen Licht der Laternen. Die vielen Auseinandersetzungen über den ganzen Tag hatten ihn wahrscheinlich ein wenig nervös gemacht.

Er hasste es, die Kontrolle über die Ereignisse zu verlieren.

Denn er wollte nicht scheitern. Nicht nach all den Jahren. Nicht jetzt.

Deshalb musste er Position beziehen. Und er musste den Entwicklungen zuvorkommen. Er wollte nicht noch weitere unruhige Tage in Ungewissheit verbringen.

Er drückte den Zigarillo aus und atmete tief durch.

Dann hatte er sich entschieden.

Er holte sein Handy aus der Tasche, wählte eine Nummer aus dem Speicher und wartete, bis er die weit entfernte Stimme hörte.

»Ich habe es mir überlegt«, sagte er betont hart. »Ich lasse mir meine Arbeit von dir nicht einfach so zerstören.«

Er machte eine Pause, um der stillen Drohung im virtuellen Raum eine größere Wirkung zu verleihen.

»Du kannst es drehen und wenden wie du willst. Aber du kommst aus der Sache nicht mehr raus.«

Keine Antwort. Die Leitung schien tot. Eine Straßenbahn fuhr laut scheppernd über die Severinsbrücke.

Er drückte noch einmal die grüne Taste. Er hasste es, wenn er keine Antwort bekam.

»Ich mach dich fertig«, schrie er in den Apparat. Seine Wut, gemischt mit Ohnmacht, nahm zu.

»Hörst du? Ich mach dich einfach fertig. Du kriegst in Köln keinen Boden mehr unter die Füße. Genau wie der andere Idiot, der meint, mich jetzt noch aufhalten zu können. Soll ich dir sagen, was der vor hat? Soll ich es dir sagen? Das ist wirklich unglaublich!«

»Leck mich am Arsch!«, kam es zurück. Rotzfrech so dahingeworfen.

Er sprang auf. Beinahe wäre er auf den glatten Steinen ausgeglitten. Plötzlich hörte er hinter sich Schritte und erschrak. Bevor er sich umdrehen konnte, bekam er einen Stoß ins Kreuz.

Er kam ins Straucheln, rutschte weg und schlug seitlich mit dem Kopf gegen den Poller. Das Handy entglitt ihm und fiel ins Wasser.

Plopp.

Er war benommen. Seine Beine rutschten langsam über die Mauer. Verzweifelt versuchte er, sich festzuhalten. Fassungslos blickte er nach oben und erkannte schemenhaft das vertraute Gesicht mit seinem hämischen Grinsen. Doch er konnte keinen Halt finden und hatte noch nicht einmal die Kraft für einen Schrei.

Dann stürzte er ins Bodenlose.

Er traf mit dem Genick genau die Bordkante des Kohleschiffes und war auf der Stelle tot.

Der leblose Körper rutschte in die Lücke zwischen Kahn und Kaimauer.

Sonntag

Der Angriff von Schönheit und Ausdauer kam diesmal über rechts.

Auf der Höhe des eigenen Strafraums beobachtete Torsten Fink, Libero von Stauss und Behinderungen, den Wirt des Hemmer. Ein stämmiger, graumelierter Mittvierziger überspielte an der linken Seite locker den schlaksigen Gent und passte das Leder in die Mitte. Der füllige Michael kam durch die zu schnelle Drehung um die eigene Achse auf der nassen

Jahnwiese etwas aus dem Tritt, drosch daneben und traf im Fallen den nachsetzenden Holger voll am Schienbein.

Fink reagierte schnell. Mit zwei Schritten war er noch vor dem gegnerischen Mittelstürmer am Ball, stoppte ihn und schaute sich nach einem freien Mann um. Zwei seiner Mitspieler lagen schmerzgekrümmt am Boden, Jens im Mittelfeld war gedeckt, die eigenen Stürmer waren noch nicht von ihrem Ausflug in die gegnerische Hälfte zurückgekehrt.

Der Wirt raste gefährlich auf ihn zu. Fink drehte sich kurzerhand um, deckte den Ball ab und gab ihn in blindem Vertrauen auf Knut im Tor zurück. Knut stand in der rechten Ecke mit dem Handy am Ohr und reagierte mit dem verzweifelten Versuch einer Fußabwehr viel zu spät. Unaufhaltsam trudelte das Leder ins Netz. 1:0 für Schönheit und Ausdauer. Die Männer in den rot-weiß gestreiften Hemden drehten jubelnd ab.

»Ihr Penner«, rief Holger und hielt sich das Schienbein. Jens, der sich tags zuvor beim Möbelschleppen den Nacken verrenkt hatte, trabte fluchend heran und rieb sich als deutlich sichtbare Ausrede für seine orthopädisch bedingte Unfähigkeit den Hals. Als Sponsor der orangefarbenen Trikots hatte der Umzugsunternehmer praktisch einen Freibrief für seine spielerische Leistung. Auch Michael humpelte nach seinem verunglückten Tackling heran. Nur Gent blieb atemlos an der Außenbahn stehen, ließ sich von Detlef, dem Betreuer, eine Kippe geben und machte das Zeichen zur Auswechslung. Detlef winkte ab. Till, der einzige Ersatzspieler, den er noch auftreiben konnte, war noch nicht ganz von den Folgen seiner letzten Meniskusoperation genesen. Er wollte nur im alleräußersten Notfall als Torwart mitspielen.

Fink schüttelte den Kopf. Gegen die selbst verschuldete Ausfallquote in der Bunten Liga war die übliche Treterei in der Bundesliga geradezu harmlos. Er holte den Ball aus dem Kasten und ging zu Knut. Der telefonierte immer noch.

Stauss und Behinderungen hatte eindeutig ein Torwartproblem. Aber Ralf, der etatmäßige Keeper, der sich auch gern »Die Katze« nannte, trank sein obligatorisches Bier wenigstens nur, wenn sich das Spiel in die gegnerische Hälfte verlagert hatte. Das bisschen Gras, das er dabei gelegentlich zu sich nahm, verlieh ihm sogar manchmal Flügel. Nur im letzten Spiel gegen Roter Stern Rathenau war er beim gewagten Abwehrversuch einer gefährlich nach innen gezogenen Flanke mit dem Kopf gegen den Pfosten geknallt und hatte sich eine heftige Gehirnerschütterung zugezogen.

»Wenn du schon während des Spieles telefonieren musst, warum wartest du dann nicht wenigstens, bis wir angreifen?«, raunzte Fink. Er war sauer. Schließlich opferte er seinen Sonntagnachmittag für diese Gurkentruppe. Also konnte er auch verlangen, dass alle das Spiel wenigstens ernst nahmen. Selbst wenn es beim Turnier der Kölner Kneipenmannschaften um nichts weiter ging als um die Ehre und ein paar anschließende Kölsch im Stauss. Aber er wollte mit seiner Mannschaft dieses Jahr nicht schon wieder zur allgemeinen Schießbude verkommen.

Knut schien gar nicht zum Scherzen aufgelegt. Er war etwas bullig, hatte ein rundliches, sehr freundliches Gesicht und einen mächtigen Schnauzbart. Er wirkte ernst und winkte ab.

»Wo ist das genau?«, fragte er sichtlich angespannt in den Apparat. »Okay, ich bin in einer halben Stunde da.«

Der Schiedsrichter fingerte bereits gereizt an seiner Brusttasche.

»Würden sich die Herren vielleicht freundlicherweise wieder zum Anstoß begeben«, sagte er. »Das ist Spielverzögerung.«

Knut nahm seine Tasche aus der Ecke und steckte seinen kleinen Seemann im Trikot des FC St. Pauli ein. Detlef kam von der Seite herübergelaufen.

»Was ist los, Knut?«

»Ich muss weg. Man hat heute Mittag eine Leiche im Rheinauhafen gefunden.«

»Scheiße«, sagte Detlef. Er wirkte ratlos. »Kannst du nicht noch die letzten zwanzig Minuten spielen?«

»Tut mir Leid, Jungs«, antwortete Knut. »Die warten schon auf mich. Ich habe an diesem Wochenende Bereitschaft.«

Fink warf den Ball nach vorne. Detlef sprach mit Till. Fink kannte Knut jetzt seit gut zehn Jahren. Wie die meisten aus dem Stauss. Knut war irgendwann aus Hamburg nach Köln gekommen. Er wusste auch, dass Knut bei der Kripo war. Meistens kam er nach dem Dienst ins Stauss und spielte Billard. Beim Anstoß flog manchmal sein Jackett etwas zur Seite und gab kurz den Blick auf die Pistole im Holster frei.

Knut erzählte gerne. Ständig machte er Andeutungen über seine jüngsten Fälle, ohne dabei allerdings zu sehr ins Detail zu gehen. Lediglich über den »Tatort« mit den beiden Kölner Hauptkommissaren hatten sie einmal ausführlich gesprochen. Alles total an der Wirklichkeit vorbei, hatte Knut gesagt. Diese dämlichen Drehbuchautoren haben doch keine Ahnung, wie es bei uns abläuft. Vor allem essen wir bei der Kriminalpolizei nicht ständig Würstchen. Und schon gar nicht am Rhein.

Es war eine lockere abendliche Gemeinschaft. Knut, der Hauptkommissar, trank öfter ein Flens an der Theke und schaute am Wochenende Fußball auf Premiere. Mit Michael, dem Elektriker, und Holger, dem Fototechniker. Von Gent wusste Fink nur, dass er irgendwas mit Werkzeugen zu tun hatte. Und wahrscheinlich wussten die wenigsten im Stauss, dass er selbst sein Geld als Journalist verdiente. Schwerpunkt Transport und Logistik. Einige Gäste hatten es stillschweigend zur Kenntnis genommen. Und er hatte es irgendwann aufgegeben, den anderen etwas darüber zu erzählen.

Für die Stammgäste im Stauss zählte eigentlich nur, dass er trotz seiner nunmehr dreiundvierzig Jahre immer noch fit genug war und auf dem Feld als Bindeglied zwischen Verteidigung und Sturm die bunt gewürfelte Truppe einigermaßen zusammen hielt. Oder das, was man beim besten Willen unter einer Fußballmannschaft verstand.

Till legte seine Krücken ins Tor und streifte sich die Handschuhe über.

»Du hältst den Kasten schon sauber«, sagte Knut und klopfte Till aufmunternd auf die Schulter. Dann nahm er seine Tasche und ging rüber zum Parkplatz am Stadion des 1. FC Köln. Fink sah ihm hinterher. Der Parkplatz füllte sich allmählich. Heute Abend ging es gegen die Bayern. Und der FC hatte das gleiche Problem wie Stauss und Behinderungen. Gegen Ende des Spiels brach die Mannschaft völlig in sich zusammen.

Zum Glück können wir nicht absteigen, dachte er. Dann sah er schon wieder den Wirt des Hemmer auf sich zukommen.

* * *

Fink radelte am Decksteiner Weiher vorbei nach Sülz. Mit 5:0 hatte es eine dicke Klatsche gegen Schönheit und Ausdauer gegeben. Beinahe hätte der Schiedsrichter aus Mitleid sogar früher abgepfiffen. Erst hatten sie dem gehandicapten Till die Bälle nur so um die Ohren gedonnert. Dann ging schließlich noch Jens in den Kasten. Doch der konnte sich nicht richtig nach den Eckbällen umdrehen.

Abhaken, dachte er sich, und langfristig einen zuverlässigen Torwart suchen. Jetzt nur schnell duschen und dann rüber ins Stauss. Seit Premiere alle Spiele der Bundesliga live übertrug, hatte sich das Stauss am Samstagnachmittag und Sonntagabend zu einem Refugium potenziell zufriedener Männer entwickelt. Leider versaute gerade der FC mit seiner konstant miserablen Leistung die gute Stimmung der Geißbock-Fraktion.

Er betrat seine Wohnung am Auerbachplatz, warf die Fußballklamotten in den Wäschekorb im Badezimmer, duschte und machte sich danach in der Küche schnell zwei Brote. Immer wieder musste er an Knut denken. Wie lange er wohl brauchen würde, um die Identität des Toten herauszufinden? Knut schien kompetent zu sein, soweit er das beurteilen konnte. Aber trotz seines fast schon nervenden Gleichmutes wirkte Knut manchmal reichlich frustriert. Kein Wunder, sagte er sich. Es ist ja auch kein Spaß, eine Leiche aus dem Rhein zu fischen, wenn die Kumpel Fußball spielen.

Kurz nach halb sechs kam Fink ins Stauss. Michael hielt sich an der Theke fest, da ihm sein Steiß weh tat. Holger hatte sein rechtes Bein auf den Hocker gelegt. Till hatte ihm eine seiner beiden Krücken geliehen. Jens saß am Kopfende in der Geraden zum Fernseher über der Tür. Sein Blickwinkel war nach dem Spiel offensichtlich noch weiter eingeschränkt. Fink bestellte ein Kölsch und steckte sich genüsslich eine Zigarette an. Detlef schüttelte schon wieder den Kopf.

Rauchst du jetzt auch noch vor dem Spiel, hatte Detlef ihn heute Nachmittag auf der Jahnwiese gefragt.

Ich bin doch nur ein Gelegenheitsraucher, hatte er geantwortet.

Detlef war nicht sonderlich begeistert gewesen. Kurz vor dem Anpfiff ist auch eine besonders gute Gelegenheit, deine Lungen mit Qualm zu füllen. Oder bist du etwa plötzlich vor dem Gegner nervös?

Quatsch, hatte er geantwortet. Die Mannschaft hat mich angesteckt.

Das Spiel gegen die Bayern hatte bereits begonnen. »Thorsten Fink orientiert sich direkt zu Dirk Lottner«, tönte es aus dem Lautsprecher. Die Jungs an der Theke lachten. Fink machte ihnen wie gewohnt den Effenberg. Ein blödsinniges Ritual. Er konnte auch nichts dafür, dass er genauso hieß wie der blonde Schönling, der bei Bayern fast nur noch die Ersatzbank drückte. Aber ohne »h«. Und Lottner würde auch gegen ihn keine Schnitte kriegen.

Fink blickte sich um. Am anderen Ende der Theke stand Burkhard, der Controller, drehte den drei TV-Geräten ostentativ den Rücken zu und las in der Schnellen Rheinzeitung. Burkhard interessierte sich nicht für

Fußball. Und nur gelegentlich für Billard. Aber er war trotzdem sympathisch, selbst wenn er ständig Controller-Witze machte.

Ist das Kölschglas jetzt halb voll oder halb leer?

Es ist halb voll.

Ein Optimist, hatte Burkhard gesagt, das ist doch ein gutes Zeichen. Aber ein Controller würde sagen, das Glas ist für seinen Zweck 100 Prozent zu groß.

Fink mochte Burkhard. Einmal hatte ihn Burkhard sogar vor einem peinlichen Lapsus in einer Reportage über einen britischen Spediteur gerettet, der pro Jahr mit seinen 300 Lkw eine Million Dosen Baked Beans zu den Supermärkten auf der Insel brachte.

Das ist nicht viel, hatte Burkhard sofort gesagt. Er hatte auf einem Deckel die möglichen Dosen pro Palette ausgerechnet. Es waren eine Milliarde Dosen, ein kleiner, aber feiner Unterschied.

Knut kam erst in der zweiten Halbzeit beim Stand von 2:0 für Bayern ins Stauss. Er sah müde aus. Oliver Kahn stellte gerade eine Mauer gegen einen Freistoß von Lottner und rannte wild gestikulierend ins Tor zurück. Lottner zog mit links ab, traf aber nur Thorsten Fink am Kopf. Mit der Trage wurde der Mittelfeldspieler vom Platz gebracht.

»Wie ist es noch gelaufen?«, fragte Knut.

»Wie immer«, antwortete Fink. »Der Wille war da, aber wir haben trotzdem 5:0 verloren. So wie der FC wohl heute Abend.«

Knut schaute nur kurz zum Fernseher. Dann bestellte er bei Uwe ein Flens.

»Und bei Dir?«, fragte Fink.

»Irgendjemand ist gestern Nacht im Rheinauhafen von der Kaimauer auf ein holländisches Kohleschiff gefallen und hat sich dabei das Genick gebrochen.«

»Und?«

»Ich fürchte, das wird ein schwieriger Fall. Es könnte ein Unfall gewesen sein. Aber es gibt ein paar Merkwürdigkeiten. Deswegen haben wir eine Mordkommission gebildet.«

»Ihr wart ja auch lange genug unterwegs«, entfuhr es Fink.

Knut sah ihn kurz irritiert an.

»Jetzt erzähl schon«, sagte Fink. Er zündete sich eine neue Zigarette an.

Knut musterte ihn für einem Moment.

»Eigentlich darf ich dir das gar nicht sagen«, fuhr er schließlich leise fort. »Aber morgen ist sein Foto eh in der Schnellen Rheinzeitung. Wir wissen nichts und suchen jemanden, der ihn vielleicht identifizieren kann. Der Mann hatte nur zwei Bierflaschen, eine Plastiktüte und ein billiges, leeres Zigarettenetui dabei. Ansonsten weder Geld, Papiere noch Schlüssel. Wir haben ihn natürlich sofort in die Gerichtsmedizin gebracht.«

»Und?«, setzte Fink nach. »War es Mord?«

Knut schien nachzudenken.

»Das bleibt aber unter uns, hörst du?«

Die Freude, mit jemandem reden zu können, siegte partiell über das Dienstgeheimnis.

»Es sieht so aus, als wäre der Unbekannte genau neben dem allein stehenden Gebäude der Goldschmiede von Slahbohm & Mertens über das Geländer geklettert und hätte sich dort noch ein Bier genehmigt. In den nächsten zwei Tagen können wir sagen, wie viel Promille er im Blut hatte. Außerdem gab es Blutspuren an diesem Doppelpoller. Es könnte natürlich gut sein, dass er ausgerutscht ist, sich dabei den Kopf angeschlagen hat und dann abgestürzt ist. Genau auf ein niederländisches Kohleschiff. Das war natürlich Pech.«

»Also war es doch kein Mord?«

»Frag mich was Leichteres. Gestern hat es den ganzen Tag geregnet. Die Steinplatten am Kai waren ganz schön rutschig, hat unser Techniker gesagt. Und natürlich hat wieder keiner was gesehen oder gehört. Der Kapitän war bis morgens früh mit seiner Frau in der Altstadt. Erst beim Ablegen ist ihnen die Leiche aufgefallen. Die war wohl zwischen dem Kahn und der Kaimauer eingeklemmt.«

»Viele niederländische Binnenschiffer machen in Köln Pause.«

»Was?«

»Ich sagte, viele niederländische Binnenschiffer machen in Köln Pause. Die werden vom Staat subventioniert und nehmen unseren Partikulären die Aufträge weg. Die meisten ankern am Wochenende an der Agrippinawerft. Ich habe vor Monaten mal eine Reportage darüber gemacht. Der prozentuale Anteil der Binnenschifffahrt auf dem Rhein ist in den letzten Jahren deutlich gestiegen. Und das betrifft nicht nur Massengüter wie Kohle. Allein 1,3 Millionen Container werden heute pro Jahr über den Rhein transportiert. Das ist eine echte Alternative zum Gütertransport auf der Straße.«

»He?«, sagte Knut und machte große Augen.

»Weißt du eigentlich, warum ein mit Containern beladenes Schiff, das von Bonn rheinabwärts fährt, schneller in Rotterdam ankommt als ein Schiff, das zur gleichen Zeit in Köln ablegt?«

Knut schaute immer noch verdutzt. Selbst Burkhard hatte auf diese Frage passen müssen.

Aber Knut reagierte nicht. Er trank sein Flens und schaute geistesabwesend auf das Spiel. Kahn lenkte gerade einen Volleyschuss von Marco Reich zur Ecke.

»Ganz einfach«, fuhr Fink fort. »Der Rhein ist in drei Abschnitte unterteilt. Rheinabwärts gesehen ist Bonn der letzte Hafen am Mittelrhein, Köln der erste des Niederrheins. Das heißt, das Schiff aus Bonn kann direkt nach Rotterdam durchfahren und ist in 18 Stunden am Ziel. Das Schiff aus Köln muss noch all die anderen Häfen wie Neuss, Duisburg oder Emmerich ansteuern und Container aufladen. Das dauert seine Zeit. Bonn hat dadurch einen echten Wettbewerbsvorteil gegenüber Köln. Das wissen die wenigsten.«

Knut stellte sein Flens auf die Theke und schob Fink beiseite.

»Lass mich heute bloß in Ruhe mit deinem Transportscheiß«, sagte er laut und ging in Richtung Klo. »Du merkst wohl nie, wenn jemand mit seinen Gedanken ganz woanders ist?«

»Der ist aber gar nicht gut drauf«, meinte Holger.

»Wieso muss eigentlich die Kripo raus, wenn irgendein Penner in den Rhein gefallen ist?«, fragte Michael fast gleichzeitig.

»Bei ungewöhnlichen Todesfällen muss die Kriminalpolizei immer erst klären, ob es sich nicht vielleicht doch um ein Kapitalverbrechen handelt«, antwortete Jens. »Das habe ich einmal im Fernsehen gesehen. Die gehen da sehr akribisch vor. Manchmal springt ja ein Rentner im Altersheim aus dem Fenster. Auch das müssen die zuerst untersuchen. Man weiß ja nie, ob nicht vielleicht doch ein Verwandter nachgeholfen hat.«

»Den Job möchte ich nicht machen«, fügte Holger hinzu.

»Deswegen ist Knut ja manchmal auch so mürrisch«, sagte Michael.

Knut kam vom Klo zurück. Plötzlich blieb er neben dem Zigarettenautomaten stehen, nahm einen der dort ausgelegten Handzettel in die Hand und kam wieder an die Theke.

»Weiß zufällig einer von euch, wer diese Handzettel dort hingelegt hat?«

Knut hielt den Handzettel deutlich sichtbar in die Höhe. Eine mit Symbolen völlig überladene Zeichnung. Der eigentliche Titel erschien relativ klein: »Globale Angst«. Darüber groß und fett, auf den ersten Blick wie ein Aufkleber: »Ausverkauft«.

»Sag bloß, dieser Handzettel hat dich animiert, ins Theater zu gehen?«, fragte Holger, bevor Fink etwas sagen konnte.

»Das nicht«, entgegnete Knut. Er war plötzlich sehr ernst. »Ich war schon lange nicht mehr im Theater. Das ist mir alles zu schwammig.«

Er blickte nachdenklich auf den Handzettel.

»Aber so ein Handzettel war das einzige, was der Mann aus dem Rhein noch bei sich hatte.«

»Oh Scheiße«, rief Fink. Seine Beine sackten kurz weg. Michael stützte ihn sofort und schob ihn auf seinen Hocker.

»Was ist los?«, fragte Knut.

»Diese Handzettel habe ich gestern Nachmittag selbst dort hingelegt«, stammelte Fink. »Andreas Hubert hat mich darum gebeten. Ein guter Freund von mir. Er wollte damit für sein neues Theater an der Ulrepforte werben. Knut, sag bitte, dass das nicht wahr ist.«

»Was?«

»Dass Andreas wirklich tot ist.«

»Moment mal«, sagte Knut. Er blickte Fink geradewegs in die Augen. »Wieso kommst du gerade auf diesen Andreas Hubert? Praktisch jeder kann sich diesen Handzettel eingesteckt haben.«

»Das glaube ich nicht«, rief Michael dazwischen. »Du bist der erste, den ich dabei beobachtet habe, dass er sich überhaupt danach umgeblickt hat.«

Knut ignorierte den Einwand.

»Es ist so ein unbestimmtes Gefühl«, beantwortete Fink die Frage. »Andreas wollte eigentlich zu unserem Spiel auf die Jahnwiese kommen. Heute Mittag habe ich schon gedacht, dass ihm vielleicht was dazwischen gekommen ist. Er hat im Augenblick viel um die Ohren. Aber jetzt ...«

»Wie sieht dein Freund aus?«, fragte Knut. Seine Stimme hatte plötzlich eine mitfühlende Tonlage bekommen.

»Groß und schlank, dunkle Haare. Meistens schlecht rasiert. Und am Samstag trug er eine Lederjacke.«

»Das trifft ziemlich genau zu.«

»Das darf nicht wahr sein.«

18

Fink zog zitternd sein Handy aus der Jackentasche, wählte eine Nummer aus dem Speicher und lauschte einige Minuten dem Klingelton.

»Keine Reaktion. Er geht sonst immer ans Telefon oder hat die Mailbox eingeschaltet. Da stimmt was nicht. Mensch Knut, was können wir denn jetzt tun?«

»Wir können ziemlich schnell rausfinden, ob der Tote aus dem Rheinauhafen tatsächlich dein Freund ist.«

* * *

Sie saßen in der hintersten Ecke im Stauss. Knut hatte ein Flens vor sich und machte sich in einem kleinen Heft Notizen. Fink saß neben ihm mit einem Kölsch und dem dritten Klaren. Auf der Toilette hatte er seinen Kopf kurz in eine Hand voll Wasser getaucht, um wieder klar denken zu können. Die Zigaretten quollen im Aschenbecher über.

Es war kurz vor halb zehn. Die meistens Jungs aus der Fußballmannschaft waren aus Frust gegangen. Der FC hatte sang- und klanglos gegen die Bayern verloren und stand jetzt bedrohlich auf einem Abstiegsplatz.

Fink war immer noch geschockt. Sie waren sofort in die Gerichtsmedizin am Melatenfriedhof gefahren. Ihn fröstelte, wenn er daran zurückdachte. Die kalten Kachelwände, der absolut unangenehme antiseptische Geruch. Der zynische Pathologe. Der Kai war härter als der Kopf. Das hatte er nicht verdient.

Fink hatte ihn sofort identifiziert. Groß gewachsen, schlank mit leichtem Bauchansatz, ein markantes, wenn auch jetzt etwas aufgedunsenes Gesicht mit einer römisch ausgeprägten Nase, dunkles Haar, Dreitagebart. Lederjacke. Es gab keinen Zweifel.

Hämatom an der linken Schläfe, hatte der Pathologe gesagt. Sofortiger Tod durch Genickbruch. Mit größter Wahrscheinlichkeit am Samstag zwischen zehn und elf Uhr abends. Am Montag würde man wissen, ob die Wunde am Kopf von einem Schlag oder einem Sturz herrührte.

Dann waren sie noch ins neue Polizeipräsidium nach Kalk gefahren. Knuts Büro war klein und nüchtern. Ein überfüllter Schreibtisch, ungespülte Kaffeetassen, ein Computer. Nur das Poster der Siegermannschaft des FC aus den 70er Jahren brachte etwas Farbe in den Raum. Knut hatte ein Protokoll angefertigt und die Schnelle Rheinzeitung benachrichtigt, das Foto wieder aus dem Blatt zu nehmen und es bei einer normalen Polizeimeldung zu belassen.

Andreas Hubert. 43 Jahre alt, wohnhaft Karl-Korn-Straße 12 in Köln, ab 1980 Studium der Anglistik und Theaterwissenschaften an der Uni Köln, allerdings ohne Abschluss. Seit 1986 Manager einer in Köln ansässigen freien englischen Theatergruppe namens AOL Theatre Company. Nebenbei regelmäßiger Job als Kellner in der Wundertüte auf der Moselstraße. Konstant ledig, aber häufig wechselnde Frauen. Nächste Verwandte die allein stehende Mutter, eine pensionierte Lehrerin, die irgendwo in Junkersdorf wohnte.

Er hatte Knut erzählt, wie sie sich an der Universität kennen gelernt hatten. Es war im Grunde eine merkwürdige Freundschaft. Das eine oder andere Seminar hatten sie als Studenten gemeinsam belegt, aber ansonsten wenig miteinander zu tun gehabt. Erst 1985, bei einem Ausflug des Englischen Seminars nach Stratford-upon-Avon, hatten sie sich ein wenig angefreundet und anschließend gemeinsam eine bemerkenswerte Hausarbeit über die drei Frauengestalten bei Shakespeare geschrieben. Die keuschen Passiven, die keuschen Aktiven und die sexuell Reifen. Akkurat belegt mit Zitaten aus allen Dramen. Der Professor konnte ihnen nur eine Eins als Note geben. Fink hatte allerdings verschwiegen, dass Andreas den größten Teil der Arbeit recherchiert und er überwiegend seinen Computer zur Verfügung gestellt hatte. Kurz danach hatte Fink schon wieder das Interesse an Shakespeare verloren. Wie am ganzen Studium. Es gab plötzlich neue Inhalte in seinem Leben, das ursprünglich darauf eingerichtet war, als Lehrer für Englisch und Geografie zu enden.

»Es ist natürlich nicht auszuschließen, dass dein Freund ausgerutscht und dann von der Kaimauer gefallen ist«, sagte Knut. Er klang ziemlich überzeugt.

»Er kannte die Stelle«, antwortete Fink. »Er war immer sehr umsichtig.«

»Vielleicht hat ihn aber auch jemand runtergestoßen. Hast du dafür vielleicht einen Anhaltspunkt? Wir sind für jeden Hinweis dankbar.«

Fink zögerte einen Augenblick.

»Ich weiß nicht, ob das jetzt wirklich relevant ist. Aber es kann durchaus sein, dass er sich mit seinem neuen Theater an der Ulrepforte in der Kölner Theaterszene sehr unbeliebt gemacht hat.«

Das wird ein paar Leute ganz schön ärgern, hatte Andreas gesagt. Nach Ford und Citroën kommt jetzt noch ein niederländischer Lkw-Hersteller, der sich für die Aufrechterhaltung der Freien Kölner Theater engagiert. Am Samstag auf der Schildergasse, als sich Fink ein paar neue Jeans kaufen wollte, hatte Andreas schon die Handzettel mit dem DAF-Logo bedruckt und ihm sofort einen ganzen Packen mitgegeben.

Du scheinst dir deiner Sache ja ganz schön sicher zu sein, hatte er gesagt. Aber damit lockst du doch keinen Menschen ins Theater.

Abwarten, hatte Andreas geantwortet. Dieser Handzettel animiert die Leute geradezu, ins Theater zu gehen. Du hast doch überhaupt keine Ahnung, wie das Theatergeschäft funktioniert.

Da hatte er Recht. Immerhin hatte Fink ihm versprochen, einen Packen Handzettel im Stauss auszulegen. Er hätte sie besser hundert Meter weiter in den Mülleimer geworfen. Als es angefangen hatte zu regnen, hatten sie im Café Riese kurz einen Kaffee getrunken.

Ich muss dringend was mit dir besprechen, hatte Andreas gesagt und dabei ein wenig besorgt geklungen, ohne wirklich konkret zu werden.

Und? Wo drückt der Schuh?

Können wir das nicht in Ruhe besprechen?

Komm am Sonntag auf die Jahnwiese, hatte Fink schließlich geantwortet, als sie wieder auf die Straße traten. Nach dem Spiel können wir uns gerne unterhalten. Ich muss dir auch noch was sagen. Das hat aber auch Zeit bis morgen.

Warum nicht, hatte Andreas geantwortet. Den Spaß habe ich mir schon lange nicht mehr gegönnt.

Danach hatte er sofort wieder einen der vorbeieilenden Passanten angesprochen.

Knut sah Fink mitleidig an.

»Ach so. Und dann hat man ihn mal eben schnell aus dem Weg geräumt? Die sind sicher eine ziemlich blutrünstige Sippschaft, diese Theaterleute. Ich werde morgen zuallererst unseren Polizeicomputer befragen, ob wir vielleicht schon einen von denen auf der Liste haben.«

»Ich meine das durchaus ernst.«

»Da haben wir ja immerhin einen Anfangsverdacht, Torsten«, antwortete Knut mit einem Anflug von Ironie. Dann wurde er schnell wieder sehr sachlich. »Aber ich denke, wir sollten auch den endgültigen Bericht der Gerichtsmedizin abwarten. Ich werde deine Informationen morgen früh direkt mit meinen Kollegen besprechen. Vielleicht kann ich dir bald schon mehr sagen. Meine Kollegen sind bereits mit dem Schlüsseldienst in seiner Wohnung. Vielleicht finden sie ja dort etwas Interessantes, was uns weiter bringt.«

»Ich habe zu Hause auch einen Schlüssel zu seiner Wohnung. Wir haben uns immer gegenseitig die Blumen gegossen, wenn einer von uns längere Zeit unterwegs war. Den kann ich gleich holen, wenn du willst.«

»Ich glaube, das ist nicht nötig. Aber ich wäre dir natürlich sehr dankbar, wenn du ihn mir morgen gibst.«

»Klar. Ich werde ihn hier im Stauss hinterlegen. Aber ihr hängt euch ja richtig in den Fall rein. Oder habt ihr tatsächlich einen Verdacht?«

»Wir kümmern uns um jeden ungewöhnlichen Todesfall. Mal mehr, mal weniger. Allerdings sind wir seit Jahren personell unterbesetzt. Und es wird immer schlimmer in Köln. Wir hatten allein am Wochenende zwei versuchte Vergewaltigungen und suchen immer noch den Täter, der auf der Berrenrather Straße einer jungen Frau das Messer in den Rücken gestoßen hat. Wir haben in ganz Köln rund 1300 unaufgeklärte Fälle und sind einfach ein klein wenig überlastet. Deswegen hoffe ich, dass es sich bei deinem Freund wirklich um einen tragischen Unfall handelt.«

Finks Handy klingelte plötzlich in seiner Jackentasche. »Unbekannter Anrufer« stand auf dem Display.

»Fink«, sagte er. Knut beobachtete ihn aus dem Augenwinkel. »Hallo?«

Keine Antwort.

Fink schüttelte den Kopf, schaltete das Handy aus und steckte es stirnrunzelnd zurück in die Tasche.

»Keiner dran?«, fragte Knut.

»Falsch verbunden. Und das um diese Zeit. Diese Handys nerven wirklich manchmal. Wo waren wir stehen geblieben?«

»Nach dem bisherigen Ermittlungsstand ist immer noch nicht ganz auszuschließen, dass Andreas Hubert einfach zu viel getrunken hat«, fuhr Knut fort. »Die Stelle, an der er von der Mauer gefallen ist, ist nicht gerade ungefährlich. Nicht umsonst hat man dort ein Geländer angebracht. Kannst du dir vorstellen, was er dort gemacht hat?«

»Er ging öfter dahin, wenn er in Ruhe nachdenken wollte. Hat er mir jedenfalls mal so gesagt. Und es liegt ja praktisch genau gegenüber seiner Wohnung. Dabei ist der Blick vom Hyatt viel schöner.«

»Das mag sein«, sagte Knut und ignorierte den Einwand. »Aber der Nachtwächter, der gestern an der Hafeneinfahrt Dienst hatte, konnte sich nicht an ihn erinnern. Wir haben ihn befragt.«

»Zu Fuß kommst du auch vom Schokoladenmuseum in den Rheinauhafen.«

»Das wissen wir natürlich. Und wie der Mann sagte, gibt es wohl auch noch einen kleinen Nebeneingang am Bayenturm. Wenn das Tor auf ist, dann kommt man direkt auf das Gelände.«

»Stimmt«, entfuhr es Fink.

Knut horchte auf.

»Woher weißt du das?«

Fink überlegte einen Moment und sah Knut dann fest in die Augen. »Das war früher der schnellste Weg vom Ubierring zur Erotic Messe. Sag bloß, du warst noch nie da?«

»Ehrlich gesagt, nein. Kein Bedarf.«

Fink fiel ein, dass er Knut noch nie mit einer Frau im Stauss gesehen hatte. Aber er konnte den Gedanken nicht weiter verfolgen.

»Hat dein Freund viel getrunken?«

»Nicht mehr als du und ich. Andreas war körperlich ganz gut drauf. Früher hat er ein paar Jahre lang Kendo gemacht, diesen komischen japanischen Kampfsport mit so langen Stöcken und diesen vergitterten Gesichtsmasken. Der hat sein ganzes Arbeitszimmer mit den Sachen drapiert. Den hat so leicht nichts aus dem Gleichgewicht gebracht.«

Knut schien einen Moment lang nachzudenken.

»Unter Alkoholeinfluss ist vieles möglich. Was mich allerdings viel mehr wundert, ist die Tatsache, dass jemand, der in Köln eine Wohnung hat, nachts ohne Geld, Ausweispapiere und vor allem ohne seine Wohnungsschlüssel unterwegs ist.«

»Er war manchmal etwas zerstreut. Wahrscheinlich liegt seine Brieftasche zu Hause.«

»Das können wir gleich klären.«

Knut zog sein Handy raus.

»Ohlsen hier. Wart ihr schon in der Wohnung? ... Ah ja ... Das ist ja interessant ... Und? ... Gut, dann reden wir morgen drüber. Ich mach jetzt auch gleich Feierabend. Hast du die Wohnung versiegelt? ... Was? ... Du musst noch viel lernen, Naumann ... Okay, dann mach das halt morgen früh. Aber ich weiß nichts davon.«

Knut steckte sein Handy wieder weg.

»Anfänger«, sagte er wütend. »Das darf nicht passieren. Aber er ist noch in der Ausbildung. Und er hat Stress mit seiner Frau.«

»Und?«, fragte Fink. »Habt ihr seine Papiere gefunden?«

»Ja. Die lagen dort auf dem Tisch. Naumann hatte den Eindruck, Hubert sei in großer Eile aufgebrochen. Wir werden uns das morgen mal in Ruhe anschauen. Mich wundert nur, wo die Schlüssel geblieben sind.«

»Vielleicht sind sie ins Wasser gefallen. Das lässt sich doch rausfinden. Ihr habt doch diese Taucher, oder?«

»Ich bin mir nicht sicher, ob ich dafür derzeit eine Grundlage habe. Das kostet eine Menge Geld und muss gut begründet sein.«

»Sein Handy habt ihr nicht gefunden?«

»Bis jetzt nicht.«

Knut machte sich wieder Notizen.

»Ich lasse auf alle Fälle mal bei den Polizeiwachen und dem Fundbüro nachfragen. Sonntags sind im Rheinauhafen viele Spaziergänger unterwegs. Vielleicht wurde ja tatsächlich etwas abgegeben.«

Ein Wutschrei kam urplötzlich aus der Billardecke, und ein Queue flog quer über den Tisch. Michael, der Ohrenarzt, hatte ein Spiel verloren. Michael nahm Billard sehr ernst. Manchmal kam die weiße Kugel bei seinem Anstoß von der Platte ab und traf ein Glas oder einen Gast auf den Bänken rund um den Tisch. Zum Glück gab es im Stauss genug Krankenschwestern für die Erstversorgung.

»Hatte er möglicherweise Feinde?«, fragte Knut plötzlich aus heiterem Himmel.

Fink dachte nach.

»Es gibt da diesen Engländer Nigel Perry«, sagte er schließlich. »Den hat Andreas Mitte der 80er Jahre mit seiner Schauspieltruppe aus England angeschleppt.«

Knut schaute in seine Notizen.

»Das hattest du gesagt. Und?«

»Nun ja, am Anfang war er völlig begeistert. Er hat diesen Perry zufällig in Edinburgh bei diesem Theaterfestival gesehen. Jemand hat ihm auf der Straße einen Handzettel in die Hand gedrückt. Irgendein Zweipersonenstück über zwei Amateurradfahrer, die bei der Tour de France mitmachen wollten und dafür die ganze Zeit trainierten. »Tour de Force« hieß das Stück. Andreas fand es klasse. Ich habe mir das damals auf Englisch in der Comedia angesehen. Im Grunde ging es nur um eine Frau. War aber trotzdem ganz lustig. Und ganz erfolgreich. Die waren damit wochenlang auf Tournee.«

»Das ist diese merkwürdige AOL Theatre Company, nicht wahr? Was heißt das eigentlich?«

»Academics of London.«

»Ein seltsamer Name.«

»Das fand Andreas auch. Erst später ist die Gruppe als AOL Theatre Company aufgetreten. Das klang moderner. Andreas wollte Sponsoren gewinnen, weil es kaum Geld von der Stadt gegeben hat. Aber ich glaube, er hat sich eine blutige Nase geholt.«

»Und dein Freund hat sie gemanagt, sagst du?«

»Das war reiner Zufall. Die künstlerische Leiterin der Comedia war wohl Stammgast in der Wundertüte. Andreas hat sie einfach darauf angesprochen, ob sie dort mal auftreten könnten. Damals waren sie nicht so wählerisch und auf Monate ausgebucht. Und die Frau hat wohl ja gesagt.«

»Das hört sich doch ganz gut an«, meinte Knut nach einer Pause. Vivian brachte Knut ein neues Flens.

»Das funktionierte auch ein paar Jahre ganz gut. Andreas hat noch andere englische Gruppen nach Köln geholt. Einmal spielte sogar eine Frau den Hamlet. Dafür ist er Jahre später von der grünen Bürgermeisterin öffentlich gelobt worden.«

»Ein weiblicher Hamlet? Die schrecken aber heute auch vor nichts zurück.«

»Kam aber gut an. Und dann hat Andreas angefangen, die Stücke von Perry ins Deutsche zu übersetzen. Die erfolgreichste Inszenierung lief übrigens ganz lange hier in Köln. Kennst du bestimmt? Singleparty. Da geht es um die Einsamkeit der Singles in Köln. Die alte Leier halt. Männer und Frauen kommen nicht miteinander klar. Aber auf Dauer wurde das Thema etwas langweilig.«

»Du hast eben gesagt, Andreas Hubert hat sich mit seinem Partner überworfen?«, antwortete Knut. Er schien tatsächlich nicht über Theater diskutieren zu wollen.

»Es gab offensichtlich Spannungen nach dieser langen Zeit. Perry wollte wohl nicht mehr auf Tour gehen und in Buxtehude und Verden an der Aller vor lärmenden Schulklassen spielen. Was man ja irgendwie verstehen kann. Aber das ist natürlich schlecht für ein Tourneetheater. Und Andreas fühlte seine Arbeit als Übersetzer nicht ausreichend gewürdigt. Er wollte wohl einen größeren Einfluss auf die deutsche Fassung haben.«

»Vielleicht ging es um Geld?«, mutmaßte Knut. »Geld ist oft ein Grund, warum es Streit gibt. Hat die Gruppe Geld verdient?«

»Keine Ahnung. Andreas war irgendwie immer knapp bei Kasse. Er hat sich jahrelang den Arsch aufgerissen und nie einen Pfennig dafür bekommen. Und viel ist wohl tatsächlich nicht übrig geblieben. Andreas hat immer geflucht, dass die wenigsten Theater in Deutschland für Gastspiele feste Gagen garantieren würden. Und jetzt wollte er auch noch ein neues Theater aufmachen. Am Kartäuserwall. Direkt hinter der Ulrepforte. Ich konnte ihn leider nicht davon abhalten, sich völlig ins Unglück zu stürzen.«

»Das haben wir als Erstes überprüft«, sagte Knut nachdenklich. »Schließlich war das der einzige Hinweis, den wir hatten.«

»Und?«

»Nichts. Unter der Adresse auf diesem Handzettel gibt es nur eine alte Postfiliale. Und jede Menge ungenutzte Parkplätze.«

Knut holte den Handzettel aus seiner Jacke und studierte ihn kurz. »Das sah allerdings nicht so aus, als ob da in vier Wochen eine Premiere stattfinden würde.«

»Wie meinst du das?«

»So wie ich es sage. Für ein Theater braucht man doch eine Bühne, Stühle und Beleuchtung, oder? Du kannst da durch die Glastüre sehen. Da ist noch nicht viel passiert. Nur eine einzige Baustelle. Ich wollte morgen beim Kulturamt nachfragen, was es damit auf sich hat. Denn am Telefon unter dieser Nummer auf dem Handzettel läuft eine Ansage, dass es für die Premiere nur noch ganz wenige Karten gibt.«

»Das ist dreist.«

»Wieso?«, hakte Knut sofort nach.

»Die Bauarbeiten sollten zwar rechtzeitig fertig sein, hat mir Andreas gestern noch gesagt. Aber ich glaube nicht, dass er schon eine einzige Karte verkauft hat. Das war eine Wunschvorstellung. Aber er war felsenfest von seinem Projekt überzeugt. Ich habe ihm sogar einen Sponsor besorgt. Das ist schon alles sehr seltsam. Er wollte unbedingt mit mir sprechen. Irgendwas ist da wohl schief gelaufen.«

Knut sah ihn plötzlich sehr ernst an.

»Siehst du, das hatte ich vergessen. Wo warst du denn eigentlich gestern Abend?«

»Knut, du denkst doch wohl nicht …?«

»Wir fragen jeden aus dem unmittelbaren Umfeld eines potenziellen Mordopfers nach seinem Alibi. Das müsstest du doch aus dem »Tatort« kennen.«

»Ich war gestern mal wieder in der Comedia. Die Eintrittskarte müsste ich noch irgendwo zu Hause haben. Drei Schuss danebn. Improvisationstheater hier aus Köln. War ganz lustig. Und danach war ich noch kurz im Stauss.«

»Dann ist ja gut.«

Knut klappte sein Notizbuch zu.

»Es gibt da tatsächlich ein paar merkwürdige Dinge, die es zu klären gilt«, sagte er dann. »Ich bin gespannt, was mein Kollege Naumann noch alles so ermittelt hat. Wir werden der Sache auf alle Fälle konsequent nachgehen. Wenn es sich tatsächlich um einen Mord handelt, was nicht auszuschließen ist, dann finden wir das auch raus. Und zwar ziemlich schnell. Naumann und ich sind ein gutes Team, auch wenn er manchmal etwas schusselig ist. In über 80 Prozent aller Fälle kommt der Täter aus dem sozialen Umfeld des Opfers. Aber wie gesagt. Es gibt zum jetzigen Zeitpunkt keine konkreten Anzeichen für ein Verbrechen.«

»Das ist beruhigend«, sagte Fink.

»Ich werde dich natürlich ein wenig über unsere weiteren Ermittlungen auf dem Laufenden halten.«

Fink sagte nichts mehr und blickte zur Tür. Michael hatte seine Jacke angezogen und zahlte. Es war erst halb elf. So früh ging er selten. Und die Tafel war noch nicht einmal voll.

Knut blickte ihn eindringlich an.

»Und Torsten. Damit wirst uns klar verstehen. Du hältst dich da bitte raus.«

»Klar.«

Vom Tisch gegenüber erklang das überdrehte Lachen der Kabarettistin aus der Rosa Sitzung. Sie hatte wohl einen Witz gemacht. Ines und Harald verzogen keine Miene. Offensichtlich kannten sie den Witz schon.

»Habt ihr seine Mutter schon benachrichtigt?«, fragte Fink.

»Das steht mir morgen auch noch bevor. Sie war heute nicht zu erreichen. Ich hasse das. Vor allem bei Müttern. Aber vielleicht kann sie uns noch einige Informationen geben. Ach übrigens, das wollte ich dich noch fragen: Hatte er eigentlich eine Freundin?«

»Er hatte viele Freundinnen, seit ich ihn kannte. Meistens Schauspielerinnen. Aber so weit ich weiß, hat es meistens nicht sehr lange gehalten.«

Wie bei mir, schoss es Fink plötzlich durch den Kopf. Mit Gaby ging es genau fünf Tage. Er unterdrückte die Versuchung, jetzt an sie zu denken. Er fühlte sich mit einem Mal sehr erschöpft. Die Klaren und das Bier zeigten Wirkung. Er winkte Vivian heran, zahlte seinen und Knuts Deckel.

»Danke«, sagte Knut verwundert. »Wie komme ich denn plötzlich zu der Ehre? Hast du ein schlechtes Gewissen?«

»Sehr witzig, Knut.«

»Das Ganze hat dich wohl ziemlich mitgenommen, oder?«

»Das kannst du wohl sagen. Deswegen gehe ich wohl jetzt besser mal nach Hause. Ich muss eigentlich morgen früh raus und eine Geschichte schreiben. Falls ich morgen dazu überhaupt in der Lage bin. Vielleicht kann ich es auch noch ein paar Tage aufschieben. Dummerweise ist auch noch gerade Redaktionsschluss. Mein Chefredakteur bedrängt mich schon seit Tagen.«

»Dafür dürfte er doch Verständnis haben.«

»Chefredakteure haben nie Verständnis.«

»Was kann man eigentlich über Lkw so schreiben?«, fragte Knut. Zum ersten Mal seit sie sich kannten. Und er schien es tatsächlich wissen zu wollen.

»Über die Wirtschaftlichkeit von Breitreifen auf der Vorderachse von Sattelzügen zum Beispiel.«

Knut sah ihn groß an.

»Oder über den Köln-Truck. Der stand sogar mal in den Kölner Zeitungen.«

»Das muss an mir vorüber gegangen sein.«

»Schade eigentlich. Der Köln-Truck ist ein Kühlzug mit einem DAF als Zugmaschine. Der ist komplett mit dem vereisten Panorama der Kölner Altstadt lackiert. Darüber habe ich schon ein paar Reportagen gemacht. Der Transportunternehmer hat mich am Freitag angerufen. Er hat irgendein Problem mit einem Kabinenausstatter. Daraus kann ich vielleicht auch noch schnell eine kleine Geschichte machen.«

Knut schaute ihn immer noch fragend an.

»DAF ist ein Lkw-Hersteller aus Holland.«

28

Knut stand unvermittelt auf.

»Das ist bestimmt ungeheuer spannend, was du da so schreibst.«

Er klopfte ihm kurz auf die Schulter

»Es tut mir natürlich Leid um deinen Freund. Aber ich verspreche dir, dass wir unser Möglichstes tun werden, um den Fall zu lösen.«

Schließlich zog er noch eine Visitenkarte aus seinem Jackett.

»Du kannst mich natürlich jederzeit anrufen, wenn dir noch etwas Wichtiges einfällt. Du weißt ja. Ich bin immer im Dienst.«

Im Weggehen drehte er sich noch einmal um und deutete auf den überquellenden Aschenbecher.

»Und rauch mir nicht zu viel. Sonst ist das bald vorbei. Mit dem Fußball.«

Fink nickte müde. Knut ging zur Theke.

Fink steckte die Karte in sein Hemd, stand auf, winkte rüber zu Uwe, der nur unwillig den Blick von seiner Frau am Kopfende der Theke löste, trat auf die Zülpicher Straße, schloss sein Rad auf und fuhr nach Hause.

* * *

Fink lag halb auf seinem Futon und bemühte sich, bei den Tagesthemen die Augen offen zu halten. Abstürzende Aktien, Entlassungen bei den Banken, Stauchaos im Reiseverkehr. Er konnte nichts mehr aufnehmen. Ulrich Wickert lachte ihn an.

»Und nun zum Sport. Der 1. FC Köln scheint ein Jahr nach seinem Wiederaufstieg in die Bundesliga bereits jetzt in eine große sportliche Krise geraten zu sein.«

Dirk Lottner legte sich den Ball zurecht, ging ein paar Schritte zurück, nahm Anlauf und drosch den Ball mit Links in die Mauer.

Ein Aufschrei ging durch das Stadion. Männer in roten Jacken liefen quer über das Feld zum Sechzehnmeterraum der Bayern. Der Getroffene hatte alle Viere von sich gestreckt. Dirk Lottner sank auf die Knie und hielt sich die Hände vors Gesicht. Aus der Menschentraube am Spielfeldrand löste sich Knut, ging auf Lottner zu und legte ihm Handschellen an. Hiermit sind Sie vorläufig festgenommen, sagte Knut. Lottner wehrte sich nicht. Es besteht der dringende Anfangsverdacht, dass Sie Hennes, den Geißbock, mit einem Freistoß vorsätzlich zum Schweigen gebracht haben.

Lottner nickte nur. Er hat ständig gemeckert, sagte er. Dabei war ich einmal Deutschlands torgefährlichster Mittelfeldspieler.

Fink schreckte auf. Ottmar Hitzfeld sprach davon, dass man mit Elber und Pizzaro die derzeit besten Torjäger hatte, und dass es ein Fehler wäre, Ewald Lienen vorzeitig zu entlassen.

Die Gedanken an Andreas ließen Fink nicht mehr los. Das war kein Unfall, dachte er. Da stimmte etwas nicht. Er spürte das.

Er blickte auf die Uhr. Es war kurz vor halb zwölf. Die Zeit wurde knapp. Knut schien noch keine Idee davon zu haben, was sich im Rheinauhafen abgespielt haben könnte.

Mit einem Ruck sprang er auf und stieß dabei mit dem Fuß an den Beistelltisch. Die kleine Lampe kippte um. Die Postkarte mit den bunten Schmetterlingen, die er daran gelehnt hatte, fiel auf den Boden.

Die hab' ich heute morgen in meinem Bauch gefunden.

Gaby.

Er musste in Andreas' Wohnung, um nach möglichen Informationen zu suchen. Gaby könnte sie vielleicht zusammenbringen. Das war seine Chance.

Er konnte eh nicht schlafen.

Er holte seine Lederjacke, ging zur Tür und nahm den Schlüssel zum Blumengießen vom Bord. Dann radelte er durch den Volksgarten in die Südstadt.

Es hatte deutlich abgekühlt. Unterwegs streifte er seine dünnen Lederhandschuhe über. Auf dem Bürgersteig in der Karl-Korn- Straße parkten dicht gedrängt die Autos. Drei Wohnungen im Haus Nummer 12 waren noch erleuchtet. Auf die Schnelle konnte er nicht erkennen, ob auch bei Andreas Licht brannte.

Er schloss sein Fahrrad ab, öffnete die Haustür, stolperte beinahe über ein Fahrrad und ging hoch in den dritten Stock. Laute Punkmusik kam aus der zweiten Etage. Ein Paar in leicht abgetragener Kleidung kam ihm entgegen. Offensichtlich wohnten immer noch einige ehemalige Hausbesetzer hier. Andreas hatte sich oft über die Anonymität beklagt. Dafür guckt auch keiner komisch, wenn eine fremde Frau ins Haus kommt, hatte er gesagt. Das war wiederum ein Vorteil.

Fink steckte den Schlüssel ins Schloss. Es war nicht abgeschlossen. Naumann musste noch viel lernen.

Die Wohnung war dunkel.

Er öffnete die Tür zum Arbeitszimmer und schaltete das Licht an. Über dem Schreibtisch hingen einige Poster in schwarzen Glasrahmen. »Tour de Force«, »Ruthless Relationship«, »Schwestern, Sex und Stethoskope«, »Ausverkauft«.

Auf dem Schreibtisch herrschte Unordnung. Kreuz und quer lagen Papiere verstreut. Aufgeschlagene Aktenorder.

Eine geöffnete Flasche Kölsch stand neben dem Computer.

Einen ganz schönen Saustall hat dieser Naumann da hinterlassen, dachte er sich.

Plötzlich ging das Licht wieder aus.

Montag

»Knut? Bis du das? Hier ist Fink. Torsten Fink.«

Die knurrige norddeutsche Stimme, die aus dem Handy an sein Ohr drang, klang nicht gerade übermäßig freundlich. Im Hintergrund konnte er Musik hören. Zum Glück hatte Knut wohl noch nicht geschlafen.

»Was ist los, Torsten? Weißt du, wie spät es ist?«

»Ehrlich gesagt nein. Im Augenblick weiß ich auch nicht so genau, was los ist. Aber du hast gesagt, ich kann dich jederzeit anrufen.«

»Und? Was gibt es? Ist dir noch was eingefallen?«

»Stimmt. Ich hatte plötzlich eine Idee. Kannst du schnell vorbeikommen? Ich bin hier in der Wohnung von Andreas Hubert.«

»Was? Bist du bescheuert? Was hast du da zu suchen?«

»Ich wollte die Blumen gießen. Schließlich war die Wohnung ja nicht versiegelt.«

»Pass mal auf, Torsten, wenn du mich verarschen willst, dann lass es lieber bleiben. Ich habe für solche Späße keine Zeit. Vor allem nicht um halb zwei am Montagmorgen. Ruf mich wieder an, wenn ich im Dienst bin.«

»Ich denke, du bist immer im Dienst.«

Keine Reaktion. Knut hatte anscheinend aufgelegt. Er drückte zweimal hintereinander die grüne Taste.

»Ich meine es ernst, Knut. Ich bin in der Wohnung von Andreas Hubert. Und ich bin hier vorhin niedergeschlagen worden.«

Er spürte deutlich die Überraschung am anderen Ende.

»Sag das noch mal.«

»Ich bin in der Wohnung von Andreas Hubert. Und ich bin hier vorhin niedergeschlagen worden.«

»Das glaube ich jetzt nicht. Was ist passiert?«

»Tja, ich weiß auch nicht so recht, wie ich dir das in Kürze erzählen soll. Das ging alles so schnell. Also, ich komme vor einer guten halben Stunde nichts ahnend in die Wohnung, weil ich einfach das Gefühl nicht losgeworden bin, dass etwas an diesem Todesfall tatsächlich nicht stimmt. Ich wollte in Ruhe nach möglichen Informationen suchen, um vielleicht auf eine Spur zu kommen. Und was soll ich dir sagen. Die Tür ist zu, aber nicht abgeschlossen. Das wird der Naumann auch vergessen haben.«

Er spürte geradezu, wie Knut irgendwo da draußen intensiv zuhörte.

»Dann gehe ich in sein Arbeitszimmer, finde ein totales Chaos auf dem Schreibtisch, und plötzlich taucht hinter mir so ein Typ auf, mit einer vergitterten Maske auf dem Kopf und einem langen Stock in der Hand. Das sind Teile der Kendo-Ausrüstung, die bei Andreas seit Jahren an der Wand hängen. Das hab ich dir doch erzählt, oder?«

»Ja. Und?«

»Mann, ich war so erschrocken, dass ich mich überhaupt nicht wehren konnte. Der Typ schreit mich an und, zack, haut er mir blitzschnell mit dem Knüppel gegen den Hals. Plötzlich war ich weg. Und jetzt sitze ich hier auf dem Schreibtischstuhl und versuche zu begreifen, was passiert ist.«

Es war ruhig in der Leitung.

»Knut ...? Bist du noch dran?«

»Du willst mich auch wirklich nicht verarschen, Torsten?«

»Nein. Ich meine das ernst. Todernst.«

»Okay. Rühr mir ja nichts an. Ich komme sofort.«

»Dritte Etage. Ich mache dir auf, wenn du dreimal klingelst.«

Fink steckte das Handy wieder weg und sah sich um.

Das Chaos auf dem Schreibtisch war größer geworden. Auf dem Boden lag jetzt noch ein Kopfschutz mit einer vergitterten Gesichtspartie, einem dunkelblauen, nach oben gebogenen Schulterschutz aus dickem Stoff und langen Schnüren. Daneben ein sich zur Spitze hin verjüngender Bambusstock mit einem runden Griff sowie die dazu gehörende Schutzhülle. Unwillkürlich fasste sich Fink an den Hals. Der Schlag schien äußerst präzise gewesen sein. Dann musste er wohl über dem Schreibtischstuhl zusammengebrochen sein. Jedenfalls hatte er erst auf dem Boden das Bewusstsein wiedererlangt.

Er schaute unter den Schreibtisch. Die Kabel, die normalerweise in der Rückwand des Computers steckten, baumelten lose im Raum. Kleine Schrauben waren auf dem Boden verteilt. Der weiß-graue Deckel stand neben dem Gehäuse. Er hatte nicht viel Ahnung von Computern, da er seine eigene Anlage immer von einem teuren Fachmann warten ließ. Aber er konnte doch sofort erkennen, dass die Festplatte entfernt worden war.

Oh Gott, schoss es ihm durch den Kopf. Was hat Andreas da nur angestellt?

Er blätterte durch die Aktenordner. Kleine Papierschnipsel fielen dabei heraus. Offenbar waren einige Unterlagen herausgerissen worden.

Einzeln drehte er die Ordner um, so dass er die Beschriftung auf dem Rücken lesen konnte. »Theater an der Ulrepforte, Allgemein«, stand auf dem ersten. »Ausverkauft, Werbung und Sponsoren«, auf dem zweiten, »Ausverkauft, Regisseur, Schauspieler, Verträge, Requisite« auf dem dritten.

Er blickte rüber zum Aktenregal. Dort standen noch drei Ordner. »Einnahmen 2001«, »Ausgaben 2001«, »AOL Theatre Company. Letzte Abrechnung«.

Er griff sich den Ordner über das Theater und blätterte ihn durch. Eine offizielle Bestätigung der Postverwaltung, dass man Andreas Hubert die ehemalige Postfiliale im Kartäuserwall für eine symbolische Mark für einen Zeitraum von zehn Jahren mietfrei überlassen würde, wenn er die Umbaumaßnahmen nachweislich selber finanzieren könnte. Zahllose Schreiben ans Kulturamt. Auf den ersten Blick sich in ihrer Verzweiflung und vorsichtiger Aggression kontinuierlich steigernde Bitten um städtische Zuschüsse. Dazu die entsprechenden, im gleichen Duktus gehaltenen Ablehnungen mit dem Hinweis auf die leere Stadtkasse. Ein Empfehlungsschreiben der Stiftung Kölner Kultur, dass ein auf zeitgenössische Stücke, Kabarett und Gastspiele externer Gruppen ausgerichtetes Theater mit 200 Sitzplätzen eine sinnvolle Ergänzung des vielfältigen und auch außerhalb der Stadtgrenzen hoch geschätzten Kölner Kulturlebens sein würde.

Eine Kreditgewährung der Kölner Sparkasse. Danach detaillierte Finanzierungspläne. Es ging um eine Million Mark. Das Schreiben eines Architekten und eine Zeichnung mit einer breiten offenen Bühne, einem

Saal mit gut 200 Plätzen und einem Bistro in der ehemaligen Paketannahme. Eine Genehmigung vom Bauamt. Daran angeheftet eine Kopie vom Kölner Stadt-Anzeiger, Lokalteil, vom 14. Juli 2001. Renovierung der Holzbrücke am Museum für Ostasiatische Kultur abgeschlossen. Schließlich eine Zusage von DAF Trucks Deutschland aus Frechen, das Theater an der Ulrepforte mit einer einmaligen Summe von 50000 Mark zu unterstützen, wenn der Aufdruck des DAF-Logos auf dem Werbematerial des Theaters an der Ulrepforte gewährleistet sei.

DAF wollte zudem die 20 Stühle aus der ersten Reihe käuflich erwerben und auf den Lehnen ebenfalls mit dem eigenen Logo versehen. Man sollte darüber hinaus gemeinsam mit Torsten Fink überlegen, ob man zur Eröffnung nicht den Köln-Truck vor dem Eingang des Theaters positionieren könnte.

Fink musste schlucken. Er hatte versprochen, in der Fachpresse über das ungewöhnliche Engagement zu berichten.

Mit der Hand hatte Andreas etwas daneben geschrieben. Parkplätze?

Auf den ersten Blick nichts Ungewöhnliches, soweit Fink das beurteilen konnte. Er blätterte die Akten langsam wieder zurück. Hier war auch nichts herausgerissen worden. Einige Kopien von Berichten in der Schnellen Rheinzeitung und im Kölner Stadt-Anzeiger. Der Freien Szene steht ein mächtiger Theaterdonner ins Haus. Theaterleiter, Medienwissenschaftler, Schauspieler und Kulturmanager als externe Fachleute für die neue Theaterjury in Köln, die nicht von den zu verteilenden Geldern profitieren würden. Der Name Peter Hobel war gelb markiert. Er kam aus Düsseldorf.

Eine ganz tolle Idee, dachte sich Fink. Ein Düsseldorfer kann mitbestimmen, was in Köln als förderungswürdig gilt.

Er blätterte weiter. Bei der Baugenehmigung stutzte er noch einmal und las sich die kurze Meldung des Stadt-Anzeigers durch. Was um alles in der Welt hatte die alte Holzbrücke am Ostasiatischen Museum mit dem Theater an der Ulrepforte zu tun?

Es klingelte dreimal. Fink schreckte kurz aus seinen Gedanken auf und legte den Ordner wieder auf den Schreibtisch.

Vielleicht konnte Knut sich einen Reim darauf machen.

Schnell überflog er noch den aufgeschlagenen Terminkalender.

Freitag. 20 Uhr. Gaby/Bauturm. Samstag. Theaterbummel. Elf Uhr. Fototermin Schnelle Rheinzeitung. Montag. Zehn Uhr. Textbesprechung. Loft.

Es klingelte noch einmal dreimal.

Knut kam in Begleitung von zwei Männern in Zivil, die beide große Alu-Koffer trugen.

»Ich habe zwei Kollegen von der Spurensicherung mitgebracht«, sagte Knut. »Die waren zum Glück gerade von einem Einsatz ins Präsidium zurückgekommen. Eine derbe Messerstecherei mit Todesfolge in Kalk.«

»Das Verbrechen in Köln schläft nie«, sagte der eine Beamte.

»Und die Polizei auch nicht«, entgegnete sein Kollege. Er klang irgendwie sarkastisch und gähnte laut und deutlich. Sein Hamburger Einschlag war nicht zu verkennen.

Die Beamten zogen ihre weißen Handschuhe an. Einer ging vor dem Computer in die Knie, der andere untersuchte den Schreibtisch.

»Gut, dass du da bist, Knut«, sagte er und fasste sich an den Hals. »Ich hab mich zu Tode erschreckt. Und dann ging alles so schnell.«

»Bist du okay?«

»Wird schon gehen. Ich bin Fußballspieler. Da bin ich Fouls gewöhnt. Ich sollte vielleicht nur nicht so viel sprechen. Der Hals tut noch ein bisschen weh.«

»Zeig mal.«

Er streckte Knut seinen Hals entgegen.

»Da sieht man ja gar nichts.«

»Das ist ja das Perfide an diesen asiatischen Kampftechniken. Schnell und wirkungsvoll, aber hinterlassen keine Spuren.«

»Kannst du den Mann beschreiben?«

»Ich fürchte nicht, Knut. Es wurde plötzlich dunkel, als die Deckenlampe hier ausging. Nur von draußen kam etwas Licht herein. Ich konnte kaum etwas erkennen.«

»Irgendwas musst du doch gesehen haben?«

»Na ja. Der Typ war in etwa so groß wie ich. Hatte eine schwarze Lederjacke an. Das Gesicht konnte ich leider nicht erkennen. Das hab ich dir ja schon gesagt.«

Knut deutete auf den Boden.

»Er hatte also diese Maske auf dem Kopf?«

»Ja. Kannst du dir vorstellen, wie das ist, wenn du plötzlich mitten in der Nacht so einer Fratze begegnest?«

»Selbst schuld, kann ich nur sagen. Ich hatte dich gewarnt, dich aus der Sache rauszuhalten. Ich hoffe, du hast nichts angerührt?«

»Nein. Natürlich nicht. Es ist alles noch so, wie ich es vorgefunden habe. Ziemlich chaotisch. Das war Andreas zwar auch, aber nicht so schlimm. Hinterlasst ihr immer so eine Unordnung, wenn ihr bei einem Toten in der Wohnung wart?«

»Spar dir deine Kommentare«, entgegnete Knut unmutig.

Fink deutete auf den Computer unter dem Schreibtisch.

»Da fehlt übrigens die Festplatte, soweit ich das beurteilen kann. Ich fürchte, der Einbrecher hat sich einiger Unterlagen bemächtigt, die ihm möglicherweise schaden könnten. Siehst du die Papierschnipsel da auf dem Schreibtisch? Ich nehme an, da hat unser Mann schnell was aus den Aktenordnern rausgerissen.«

»Ich denke, wir werden gleich noch ein ernstes Wörtchen miteinander reden müssen«, sagte Knut nur. Er schien seine innere Erregung und Wut nur mit Mühe und Not unter Kontrolle zu halten. »Aber erst müssen wir noch ein paar Fakten klären.«

Knut zog sein Notizbuch hervor und setzte sich auf den schwarz-roten Gesundheitsball, der in der Ecke lag.

»Dann erzähl mal, Torsten.«

»Wie gesagt. Die Tür war nicht abgeschlossen. Und es brannte kein Licht. Wahrscheinlich war der Mann schon in der Wohnung, als ich kam. Wenn er seine Schlüssel gehabt hat, dann muss er auch der Mörder sein. Es war also tatsächlich kein Unfall, oder?«

»Die Schlussfolgerungen kannst du ruhig mir überlassen, Torsten. Du kannst froh sein, wenn wir dir nichts anhängen, weil du mitten in der Nacht unrechtmäßig in eine fremde Wohnung eingedrungen bist.«

»Wieso unrechtmäßig eingedrungen? Ich habe dir doch gesagt, dass ich seit Jahren seine Schlüssel habe. Ich darf hier rein. Und wann ich hier die Blumen gieße, ist doch meine Sache, oder? Außerdem stellt es sich ja jetzt wohl tatsächlich so dar, dass Andreas einem Mord zum Opfer gefallen ist. Das habt ihr mir zu verdanken.«

Die beiden Beamten schauten verwundert auf, blickten erst auf ihn und dann zu Knut.

»Auch das werden wir später noch besprechen. Und setz dich erst mal einfach irgendwo hin, wo du nicht im Weg stehst.«

»Ich kann auch einen Kaffee machen. Schließlich kenne ich mich in der Küche aus.«

Knut zögerte einen Moment und machte eine eindeutige Bewegung zu dem Kollegen, der den Schreibtisch auf Fingerabdrücke langsam und äußerst sorgfältig abpinselte.

»Ein Kaffee wäre nicht schlecht«, sagte der Mann.

»Na gut«, gab Knut nach. »Aber mein Kollege Lars Kruse geht mit.«

Fink folgte dem Mann mit den kurzen blonden Haaren, dem leicht überheblichen Grinsen und der schwarzen Nickelbrille. Sie gingen in die Küche. Das Geschirr von mindestens drei Tagen stand in der Spüle. Die Klappe zur Waschmaschine war offen, ein paar blaue Badevorleger steckten in der Trommel. Das Gedeck für zwei Personen stand auf dem Frühstückstisch. Wurst, die sich bereits in der Frischhaltebox krümmte, Erdbeermarmelade und eine Tüte H-Milch daneben. Aufgeschlagene Eier, die Schalen neben den Eierbechern verstreut. Ein angebissenes Brötchen mit Nutella. Dazu die Sonntagsausgabe der Schnellen Rheinzeitung.

Hinter der Küchentür stapelten sich die leeren Kölschflaschen rund um den Bierkasten und die übervolle blaue Box mit dem Altpapier.

»Sieht nach einer Junggesellenbude aus«, meinte Kruse.

»Aber offensichtlich hatte Andreas Hubert noch Besuch gehabt«, sagte Fink.

»Das scheint mir auch so«, erwiderte der Beamte und betrachtete die beiden mit einer kindlichen Zeichnung bedruckten Kaffeebecher. Edinburgh Festival Fringe 1985.

»Auch aus Hamburg?«

»Ja. Hauptkommissar Ohlsen hat mich überzeugt, von der Elbe an den Rhein zu kommen. Wir waren zusammen auf der Polizeischule. Der ständige Regen im Norden ist nichts für mich, wissen Sie. Ich bevorzuge das milde Klima im Rheinland.«

Kruse nahm die beiden Becher vorsichtig in die Hand.

»Auf einer der beiden Pötte dürfte der Fingerabdruck des Besuchers ja sein.«

Kruse betrachtete die Becher.

»Oder der Besucherin.«

»Wie bitte?«

»Ich nehme nicht an, dass Herr Hubert roten Lippenstift benutzt hat. Zumindest nicht zum Frühstück.«

»Wahrscheinlich nicht. Das hätte ich gewusst.«

»Dann werden wir die Tassen doch mal genauer untersuchen. Sie können jetzt gerne Kaffee kochen. Der Rest hier scheint für uns nicht so interessant zu sein wie das Arbeitszimmer.«

»Auch schwarz?«, fragte Fink.

»Bitte?«

»Nehmen sie den Kaffe auch schwarz?«

»Nein, mit Milch und Zucker. Mein Kollege auch. Wie Hauptkommissar Ohlsen seinen Kaffee trinkt, sollten Sie ihn besser selber fragen. Er ändert zuweilen ganz gerne seine kulinarischen Vorlieben.«

»Zurzeit trinkt er ihn schwarz. Wie ich.«

»Sie kennen ihn?«

»Ja. Wir spielen öfter auf der Jahnwiese zusammen Fußball. In der Bunten Liga. Bei Stauss und Behinderungen. Die Mannschaft aus unserer Stammkneipe.«

»Ah ja«, antwortete Kruse. Dann verließ er mit den Kaffeepötten die Küche.

Fink brauchte nicht lange, um die Filter und den Kaffee zu finden. Er streute etwas Salz auf das gehäufte Pulver, goss Wasser aus dem Brita-Filter in die Maschine und stellte sie an. Der Geruch von frischem Kaffee durchströmte sofort die Küche und brachte seine Lebensgeister zurück.

Er setzte sich an den Tisch und blätterte durch die Schnelle Rheinzeitung.

Heute entscheidendes Spiel gegen die Bayern. FC hoch motiviert? Lottner: Die Bayern kochen auch nur mit Wasser. Wir packen es. Er überflog den Spielbericht, betrachtete die Tabelle und die kommenden Begegnungen. Leverkusen gegen Köln. Das Stauss würde rappelvoll sein.

Plötzlich stutzte er. Wieso war die Schnelle Rheinzeitung vom Sonntag hier? Er blätterte zurück zur Titelseite. Eindeutig. Es war die Abendausgabe.

Lustlos drehte er die Seiten um, zögerte kurz bei den Annoncen und blieb im Kulturteil hängen.

Ein Foto von Andreas groß in der Zeitung. Vor seinem Stand auf der Schildergasse. Lachend streckte er dem Fotografen mit beiden Händen einen schwarz-roten Handzettel entgegen.

Neues Theater in Köln

Von Gaby Lange

Anlässlich des Theaterbummels gestern auf der Schildergasse gab Andreas Hubert, der ehemalige Manager der AOL Theatre Company, offiziell bekannt, dass er in vier Wochen das Theater an der Ulrepforte in der ehemaligen Postfiliale im Kartäuserwall eröffnen wird. Nach seinen Angaben ist die Premiere des Stückes »Ausverkauft«, ein von ihm selbst übersetzter britischer Publikumsrenner um eine Gruppe von verfolgten Globalisierungsgegnern, schon so gut wie ausverkauft. Sein Auftritt führte allerdings mitten auf der Schildergasse zu einem heftigen Streit zwischen Hubert und einigen der noch in der Kölner Theaterkonferenz verbliebenen Theaterleitern, die zurzeit mit dem Kulturamt der Stadt Köln im heftigen Clinch über die im bundesweiten Vergleich geringen Subventionen liegen. Hubert, der überraschend auch noch den niederländischen Lkw-Hersteller DAF Trucks als Sponsor präsentierte, verärgerte besonders durch sein mutiges Motto die Kollegen. »Wagen statt klagen« hat er sich auf die Fahne geschrieben.

Damit steht der jetzt beginnenden Theatersaison ein heißer Herbst bevor. Denn auch von offizieller Seite wurde das Konzept des Theaters an der Ulrepforte lobend kommentiert. Sowohl Kulturdezernentin Ariane Wollenweber als auch Kulturamtsleiter Norbert Weich sprachen einhellig davon, dass die Freien Theater in Zukunft den weitaus größeren Teil ihrer Kosten durch den Kartenverkauf an der Abendkasse selbst finanzieren müssten. Gegenüber der Schnellen Rheinzeitung widersprach allerdings Hans Fuchs, der neue Vorsitzende der Kölner Theaterkonferenz, vehement dem Konzept von Andreas Hubert und sagte, dass anspruchsvolles Theater ohne kontinuierliche Förderung nicht überlebensfähig sei und in absehbarer Zeit, wenn die Stadt Köln die angedrohten Kürzungen tatsächlich wahr machen würde, die ersten Kölner Theatermacher über die Klinge springen müssten.

Vergeblich wehrte er sich gegen den Stich in der Herzgegend.

Direkt daneben lachte sie ihn geradezu an. Ihr Bild stach aus dem Kasten der Kultur-Kolumne hervor.

Gaby.

Lange blickte er sie an. Das fein geschnittene Gesicht. Die dunkelroten Lippen. Die langen schwarzen Haare. Die schwarze Brille mit silberner Verzierung in den Ecken. Der forsche Blick aus stechenden dunkelgrünen Augen. Das umwerfende Lächeln. Die sanfte Stimme, zwar mit einer Spur Arroganz, aber auch mit einem Schuss Verständnis für die Schwächen des Lebens.

Seit Wochen hatte er keine Schnelle Rheinzeitung mehr gekauft, nur um diesem Blick zu entgehen.

Unvermittelt kamen die Erinnerungen zurück.

Die Singleparty im Alten Wartesaal. Freitag, Mitte Mai. Er wollte nur eine ungewöhnliche Homestory für eines seiner Fachmagazine schreiben. Was macht der Kölner Fernfahrer Bernd Brumme, der die Woche über immer allein in seinem Lkw unterwegs ist, eigentlich an einem Freitagabend?

Brumme, ein riesiger Kerl mit modischem Kurzhaarschnitt und einem mächtigem Bauch, zog seine Hosenträger von Heineken unter der Truckerjacke an, dazu seine Jeans und seine Stiefel.

Dann ging er auf die Singleparty.

Ein umwerfender Erfolg. Brumme fiel den Frauen sofort auf.

Was ist denn das für ein komischer Vogel, hatte plötzlich die schlanke Schwarzhaarige neben ihm gesagt, als er gerade zwei Bier holen wollte. Ein knapper schwarzer Lederrock über ellenlangen Beinen. Dazu ein eng anliegendes rotes Top mit aufschlussreichem Dekolleté. Er hatte vergeblich versucht, sie so unverfänglich wie möglich anzuschauen.

Er hatte sie vorgelassen, und sie hatte ihn kurz angelächelt. Zum Glück war es so laut, dass niemand hören konnte, wie sein Herz unvermittelt klopfte.

Das ist ein Kölner Fernfahrer auf Frauensuche, hatte er gesagt.

Kennst du den etwa?

Flüchtig. Ich mache gerade eine Reportage über sein Freizeitverhalten. Ich bin nämlich Journalist. Fachjournalist. Ich schreibe über Lastwagen und Logistik. Just In Time und so. Hast du bestimmt schon mal gehört.

Das ist ja interessant. Du brauchst dich aber nicht zu entschuldigen. Ich habe manchmal auch merkwürdige Aufträge. Angenehm. Gaby Lange. Schnelle Rheinzeitung. Kultur, Klatsch und Nachtleben.

Alles in einer Redaktion?

Wir arbeiten themenübergreifend.

Verstehe.

Ich muss auch über die Singleparty berichten. Wir haben einen anonymen Anruf bekommen, dass Dieter Bohlen heute hier sein soll. Inkognito. Du hast ihn nicht zufällig gesehen?

Nein, nur eine Teppichverkäuferin aus dem Olivandenhof.

Sehr witzig. Aber ich sehe, du bist informiert.

Klar. Ich lese natürlich jeden Tag die Schnelle Rheinzeitung.

Ach du bist das.

Mein Name ist Fink. Torsten Fink. Wie der Mittelfeldspieler von Bayern München. Aber ohne »h«. Dann sind wir ja sozusagen Kollegen.

Sie lächelte ihn mit einer unverfrorenen Dreistigkeit an.

Sozusagen ja.

Du suchst also keinen Mann?

Sehe ich so aus, als hätte ich das nötig?

Nein, natürlich nicht. Aber was soll eine allein stehende Frau sonst auf der Singleparty, frage ich mich. Außer natürlich, sie berichtet darüber.

Vielleicht am Rande einfach nur ein klein wenig Spaß haben, sagte sie schnippisch. Und wer sagt, dass ich allein stehend bin?

Sie nahm ihren Wein entgegen.

Danke, dass du mich vorgelassen hast. Dann werde ich jetzt mal ein Auge auf deinen Trucker werfen. Der hat bestimmte irre Chancen heute Abend.

Sie sah ihn einen Augenblick an und nippte unschlüssig an ihrem Wein.

Glaubst du an die Liebe auf den ersten Blick, fragte er, oder willst du lieber noch mal wiederkommen?

Der Blick hätte ihn durchaus töten können. Wortlos drehte sie sich um. Er sah ihr nach, wie sie in der Menge verschwand.

»Torsten?«

Knuts Stimme klang mürrisch aus dem Arbeitszimmer.

»Wird das heute noch was mit dem Kaffee?«

Er blickte auf die Maschine. Der Kaffee war durchgelaufen. Er füllte die vier Pötte. Dann riss er Gabys Artikel aus der Schnellen Rheinzeitung und warf den Rest ins Altpapier.

* * *

»Wie bist du bloß auf diese blöde Idee gekommen?«

Die Beamten von der Spurensicherung hatten gerade die Wohnung verlassen. Fink hatte einen zweiten Stuhl aus der Küche geholt, Knut saß am Schreibtisch und blätterte in den Aktenordnern. Die Spurensicherung hatte keine Spuren gefunden, die für ein gewaltsames Eindringen in die

Wohnung sprachen. Von den Nachbarn, die noch wach waren, sich aber über die Ruhestörung beschwerten, hatte keiner etwas gesehen.

Es gab in der Wohnung nur jede Menge Fingerabdrücke, die mit den Abdrücken von Hubert und zur Sicherheit auch mit den Daten im Computer abgeglichen werden sollten. Meine Abdrücke sind bestimmt auf der Blumenvase, war es Fink herausgerutscht. Wahrscheinlich trug der Einbrecher sowieso Handschuhe, hatte Lars Kruse noch gesagt, als er seinen Koffer packte.

»Ich hatte gestern Abend nicht gerade den Eindruck, dass du dich sonderlich um den Mord an meinem Freund kümmern würdest«, antwortete Fink schließlich.

»Bleib mal auf dem Teppich mit deiner Mordtheorie«, sagte Knut. »Allerdings täuschst du dich gewaltig. Ich habe nach unserem Gespräch im Stauss noch diesen Nigel Perry aufgetrieben.«

Fink stutzte.

»Oh, dann habe ich mich tatsächlich getäuscht. Und? Was hat Perry gesagt?«

»Später. Erst stelle ich hier die Fragen. Und ich würde gerne wissen, was du hier in der Wohnung gesucht hast?«

»Wahrscheinlich das Gleiche wie der Einbrecher. Leider ist er mir zuvorgekommen. Sonst wären wir der Lösung des Falles sicher schon einen Schritt näher.«

Knut schaute voller Skepsis herüber.

»Wieso wir?«

»Mich interessiert natürlich auch herauszufinden, wer meinen Freund umgebracht hat.«

»Noch steht immer noch nicht fest, ob er umgebracht wurde, Torsten. Und wenn, dann ist das allein die Aufgabe der Polizei, es herauszufinden. Wir sind hier nicht in einem schlechten Kriminalfilm mit irgendwelchen Privatschnüfflern, hörst du?«

»Du wirst mich kaum daran hindern können, ein paar Leuten, die ich kenne, ein paar Fragen zu stellen. Wir können uns natürlich gerne über unsere jeweiligen Erkenntnisse austauschen. Vielleicht kannst du auch davon profitieren.«

»Das wage ich zu bezweifeln.«

Knut blickte ihn lange und durchdringend an. Er schien mit sich zu kämpfen.

»Aber gut. Gehen wir es der Reihe nach durch. Nehmen wir also mal an, dass es sich tatsächlich so zugetragen hat, wie du es geschildert hast, und der Täter mit Huberts Schlüssel, den er im Rheinauhafen mitgenommen hat, in die Wohnung gekommen ist. Das dürfte den Kreis der Verdächtigen ziemlich einschränken, oder? Schließlich konnte ja nicht jeder wissen, wo er gewohnt hat.«

»Ich sagte ja, Andreas hat sich bei einigen Leuten aus der Kölner Theaterszene sehr unbeliebt gemacht. Ich weiß nicht, ob du gestern den Kulturteil in der Sonntagsausgabe der Schnellen Rheinzeitung gelesen hast. Da wurde etwas in dieser Richtung angedeutet. Dass bald die ersten Theaterleiter über die Klinge springen müssten. Die Stimmung in der Kölner Theaterszene scheint sehr gereizt zu sein. Es gibt wohl zu wenig Geld.«

Knut machte sich Notizen.

»Interessant. Aber ich lese die Schnelle Rheinzeitung nicht. Schon aus Prinzip nicht. Aber bei uns im Präsidium müsste wohl eine rumliegen. Kollege Kruse sagt, er liest das Horoskop. Aber ich glaube, der will nur die nackten Mädchen auf dem Titel ansehen. Du müsstest mal in seine Schreibtischschublade schauen. Was da alles so drin liegt. Unglaublich. Anatomisch eigentlich gar nicht möglich. Was mich trotzdem wundert. Das mit dieser komischen Maske da kann ich ja noch nachvollziehen. Dahinter kann man sein Gesicht schnell verbergen. Warum aber nimmt ein Einbrecher, der plötzlich von dir überrascht wird, so einen komischen Stock, um dich niederzuschlagen, und nicht einfach eine Bierflasche, zumal die schon auf dem Schreibtisch stand? Oder er macht sich gleich aus dem Staub? Findest du das nicht auch sehr merkwürdig?«

»Natürlich. Jetzt, wo du es sagst. Aber ich hatte keine Zeit, ihn zu fragen.«

Unwillkürlich fasste er sich an den Hals.

»Die Wirkung bleibt sich wahrscheinlich gleich. Ich war offensichtlich lange genug außer Gefecht, dass er in Ruhe die Festplatte ausbauen und die Akten durchgehen konnte. Falls er das nicht schon vorher gemacht hat. Das konnte ich auf die Schnelle nicht sehen.«

»Das erklärt immer noch nicht meine Frage, was du hier gesucht hast.«

»Ich dachte, vielleicht finde ich etwas, das uns einen Anhaltspunkt gibt, wer Andreas auf dem Gewissen hat. Mir ist nämlich klar geworden, dass er mir längst nicht alles gesagt hat, was sein privates und berufliches Leben angeht.«

Knut sah sich um.

»Und? Hast du schon sein kleines Geheimnis gefunden?«

»Du kannst vielleicht merkwürdige Fragen stellen.«

»Das ist mein Beruf.«

»Meiner auch.«

»Logistik ist ja wohl etwas anderes als Leichen«, antwortete Knut wirsch.

»Das würde ich nicht unbedingt sagen. Es gibt in Deutschland eine Menge Logistiker, die ein paar Leichen im Keller haben. Aber du hast Recht. Man muss nur die richtigen Fragen stellen. Sagt jedenfalls Kurt Wallander.«

»Wer ist das nun schon wieder?«

»Ein Hauptkommissar aus Schweden. Ein Kollege von dir, sozusagen.«

»Kenne ich nicht.«

»Schade eigentlich. Der Mann ist gut. Der hat die nötige Beharrlichkeit und Energie, einen Tatort richtig zu interpretieren.«

»Das haben wir auch. Manchmal hängen wir uns sogar monatelang in einen Fall rein. Aber was, um alles in der Welt, hast du mit der schwedischen Polizei zu tun?«

»Ich habe mal eine Geschichte über Drogenschmuggel in schwedischen Lkw gemacht.«

Knut schaute verdutzt.

»Blödsinn«, lenkte Fink schnell ein. »Das ist der Hauptkommissar aus den Büchern von Henning Mankell. Die stehen seit Monaten überall auf der Bestseller-Liste. Ich lese übrigens gerade den neuesten Fall. Die Brandmauer. Kann ich nur empfehlen. Ziemlich spannend. Und mit einer ungewöhnlichen Wendung am Ende.«

»Du willst mich doch verarschen?«

Knut war aufgebracht.

»Dein Freund ist gerade gestorben, und du machst blöde Witze.«

»Ich mache keine Witze«, lenkte Fink ein. »Ich meine das ernst. Wallander versucht immer, Zusammenhänge herzustellen.«

»Das machen wir auch bei der Kripo in Köln. Das ist nichts sonderlich Neues.«

»Und welchen Zusammenhang siehst du dann zwischen einer Baugenehmigung für das Theater an der Ulrepforte und der Renovierung der alten Holzbrücke am Ostasiatischen Museum?«

Knut blickte ihn verwundert an.

»Was für eine Brücke?«

Er deutete auf den Theaterordner.

»Schau mal da rein. Hinter der Baugenehmigung. Diese kleine Holzbrücke am Aachener Weiher. Das ist doch seltsam, oder?«

Knut studierte erst den Bericht und anschließend die Baugenehmigung. Dann notierte er wieder etwas in sein Buch.

»Interessant. Dem werde ich mal nachgehen und dem Bauamt einen kleinen Besuch abstatten. Dafür muss es sicher eine stichhaltige Erklärung geben. Hast du eine Idee? Oder hat Andreas dir gegenüber mal etwas erwähnt oder angedeutet?«

»Nicht, dass ich wüsste.«

Fink dachte nach.

»Doch warte mal. Es kann sein, dass er mal so was gesagt hat wie, es wäre gar nicht so schwer gewesen, an die Baugenehmigung zu kommen. Stimmt. Er war sogar ziemlich gut drauf. In Köln ist vieles möglich, hat er gesagt. Er tat sehr geheimnisvoll.«

Knut schloss den Ordner.

»Sehr interessant.«

»Das stimmt allerdings. Vielleicht hat er jemanden erpresst? Hältst du das für möglich? Man hört ja so einiges über das Kölner Bauamt.«

»Möglich ist alles. Und dir trau ich auch nicht wirklich. Du hast nämlich doch in den Akten gestöbert?«

»Nein, bestimmt nicht. Das lag so aufgeschlagen da, als ich reinkam. Als hätte es jemand gerade studiert. Ich habe es dann natürlich auch gelesen, als ich auf dich gewartet habe.«

»Und?«, fragte Knut kollegial. »Welchen Schluss ziehst du daraus?«

»Das habe ich mich auch schon die ganze Zeit gefragt. Für mich gibt es da durchaus mehrere Möglichkeiten. Wenn es der Einbrecher darauf abgesehen hat, hätte er es mit Sicherheit auch mitgenommen, um zu verhindern, dass jemand einen Zusammenhang herstellt. Welchen auch immer. Übersehen haben kann er es nicht, sonst hätte es nicht so dagelegen. Also hat es entweder nichts mit dem Fall zu tun oder jemand will eine falsche Fährte legen, um Zeit zu gewinnen.«

Knut schaute ihn verdutzt an.

»Respekt, Torsten. Das hätte ich dir gar nicht zugetraut.«

»Das ist ja mein Problem, Knut. Mir trauen die wenigsten Leute etwas zu. Aber das täuscht. Vielleicht habe ich auch nur den falschen Beruf. Was hat jetzt eigentlich dieser Perry gesagt?«

Knut zögerte einen Augenblick.

»Es klang nicht sehr freundlich. Und ich hatte den Eindruck, dass er nicht sonderlich gerne darüber reden wollte.«

»Wieso?«

»Er hat gesagt, es täte ihm Leid, dass Andreas Hubert so tragisch ums Leben gekommen ist. Und man sollte auch nachträglich nichts Schlechtes über einen Toten sagen. Aber er wäre trotzdem in mancher Hinsicht ein riesengroßes Arschloch gewesen. Deshalb hätte er auch den Kontakt zu ihm abgebrochen.«

Fink richtete sich auf.

»Das ist allerdings gemein, nach all dem, was Andreas für ihn getan hat. Aber schließlich haben sich die beiden ja nicht umsonst nach 15 Jahren Theaterarbeit getrennt. Die Zwietracht muss wohl am Metier liegen. Auch das Dreifaltigkeitskabarett ist gerade dabei, sich nach vielen erfolgreichen Jahren aufzulösen. Künstler sind eitel, dazu extrem sensibel aber unglaublich rechthaberisch, hat Andreas immer behauptet. Außerdem können sie nicht zuhören und reden immer nur über sich selbst. Hat Perry sonst noch was gesagt?«

»Eine Menge, aber ich bin mir nicht so ganz klar, wer von beiden den Schlussstrich gezogen hat. Perry behauptet, er hatte die Nase voll davon gehabt, dass Hubert Unmengen von Geld für Poster und Handzettel ausgegeben hat. Und du hast gesagt, so weit ich mich erinnere, dass Hubert den Kram hingeschmissen hat, weil er nicht genug Einfluss auf die künstlerische Arbeit hatte.«

»So muss es wohl gewesen sein.«

»Wie denn nun?«

»Ehrlich gesagt, keine Ahnung. Sie hätten vielleicht einfach öfter und ehrlicher miteinander reden sollen. Ich weiß nur, dass Andreas stinksauer war, weil Perry keine Lust mehr hatte, auf Tournee zu gehen. Das war immerhin die Existenzgrundlage der Tourneetheatertruppe.«

Knut klappte sein Notizbuch zu.

»Das mag alles schon stimmen, Torsten. Aber Perry kommt als Täter nicht in Frage.«

»Wieso?«

»Er hat ein hieb- und stichfestes Alibi. Er saß nicht nur zum angenommenen Zeitpunkt des Todes von Andreas Hubert, sondern noch bis weit in die Nacht mit ein paar Kolleginnen in seiner Stammkneipe. Er inszeniert gerade ein Stück von William Shakespeare, wenn ich das richtig verstanden habe.«

Knut sah in seine Notizen.

»Love Labours Lost. Was heißt das eigentlich?«

»Vergebliche Liebesmüh.«

»Ah ja. Das muss ich mir merken. Wie auch immer. Zwei der Schauspielerinnen haben gesagt, dass dein Freund Hubert nicht unverdient im Rhein gelandet ist.«

»Ich sagte ja, er hat sich mit seinem neuen Theater ziemlich unbeliebt gemacht.«

»Das ist vielleicht nur ein Teil der Wahrheit. Ich finde etwas anderes viel interessanter. Perry hat nämlich auch noch behauptet, dass Hubert nicht in der Lage war, Beruf und Privatleben zu trennen.«

»Ach?«

»Angeblich hat er immer irgendwelche Freundinnen bei Kost und Logis für die Büroarbeiten und die Tourneeplanung herangezogen. Dem werde ich wohl auch nachgehen müssen. Hast du da eine Idee?«

»Ich sagte doch, da waren ständig neue Frauen. Die Personalkosten treiben die Gruppe in den Ruin, hat Andreas immer gesagt. Aber ich habe irgendwann der Durchblick verloren. Andreas vielleicht auch.«

Knut stand auf und nahm die Aktenordner unter den Arm.

»Das sind schon sehr merkwürdige Verhältnisse in dieser Szene. Vielleicht sollten wir noch unseren Psychologen hinzuziehen. Aber lass uns jetzt mal gehen. Ich will wenigstens noch ein paar Stunden schlafen.«

Fink ging sofort Richtung Tür. Knut sah ihn drohend an.

»Und dir kann ich nur noch einmal raten, dich aus dieser Angelegenheit rauszuhalten. Du kannst von Glück sagen, dass wir uns aus dem Stauss kennen. Da fehlt mir offenbar etwas die nötige Distanz. Aber beim nächsten Mal kommst du mir nicht so leicht davon.«

»Versprechen kann ich nichts.«

Knut blitze ihn an.

»Ich warne dich.«

»Ist ja schon gut.«

An der Tür drehte Knut sich noch einmal um.

»Ach übrigens. Könnte ich bitte deinen Schlüssel zu dieser Wohnung haben?«

»Natürlich. Das hätte ich fast vergessen. Aber wer gießt dann die Blumen?«

»Das sind doch eh nur Sukkulenten. Die müssen nicht jeden Tag gegossen werden.«

Fink zog den Wohnungsschlüssel aus der Tasche und reichte ihn Knut. Der schloss die Tür ab und versiegelte sie von außen.

»Warum machst du das denn noch?«

»Wir versiegeln immer die Türen. Noch ist ja ein Schlüsselpaar unterwegs. Und wenn du irgendwann nur ein Sterbenswörtchen darüber verlierst, dass Kommissar Naumann es in der Eile vergessen hat, dann drehe ich dir höchstpersönlich den Hals um.«

»Keine Sorge. Ich werde nichts sagen. Habt ihr wenigstens Leute vor dem Haus postiert? Vielleicht kommt der Mörder ja noch mal zurück.«

»Ach Torsten, du siehst wirklich zu viele Krimis.«

Schweigend gingen sie durchs Treppenhaus.

Draußen vor der Tür schloss er sein Rad auf.

»Knut?«

»Was ist?«

»Eine letzte Frage noch. Woher wusstest du das eigentlich so schnell mit dem Alibi von Nigel Perry?«

»Weißt du, Torsten. Auch der Kripo Köln ist natürlich genau bekannt, wo sich gewisse gesellschaftliche Gruppierungen gerne aufhalten. Bis zu deinem Anruf vorhin war ich im Backes. Ich wusste übrigens gar nicht, dass es da so viele nette ältere Frauen gibt. So ein Mord im Theatermilieu ist auch für mich ganz abwechslungsreich.«

* * *

Unglaublich, hatte sie gesagt. Er hat es tatsächlich geschafft.

Sie hatte direkt neben ihm gestanden, als Bernd Brumme am Ende der Singleparty den Alten Wartesaal mit einer drallen Blondine im roten Lackmantel und weißen Lederstiefeln verließ. Nur noch der Dackel hatte gefehlt.

Du bist also doch zurückgekommen.

Dein Spruch eben war schon klasse.

Danke. Ist aber nicht von mir. Den habe ich mal in einem Kabarett-programm aufgeschnappt. Kommt aber tatsächlich ganz gut.

Bilde dir jetzt nur nichts darauf ein.

Sie stand ganz dicht neben ihm.

Und? Hast du deinen Dieter Bohlen noch gefunden?

Nein. Muss wohl doch eine Ente gewesen sein.

Und nun?

Jetzt suche ich einen Mann.

Er blickte sich um. Der Saal war so gut wie leer. Ein junger Typ mit Baseballkappe kotzte in die Ecke.

Viel Auswahl dürftest du jetzt nicht mehr haben, um noch etwas Ad-äquates zu finden.

Wieso? Ich hab doch dich. Meine Liebe auf den ersten Blick.

Er hatte sein lautes Schlucken gerade noch unterdrücken können. Sie hatte sich sofort bei ihm eingehakt.

Wollen wir noch ein Stückchen am Rhein spazieren gehen? Das ist bestimmt ganz romantisch. Gleich geht bestimmt die Morgensonne über der Kölnarena auf.

Von mir aus.

Ich wohne übrigens direkt im Martinsviertel.

He, was hast du vor?

Dumme Frage. Ich will Sex. Warum soll ich sonst auf eine Singleparty gehen?

Ich dachte, du warst beruflich da?

Das mit Dieter Bohlen war nur ein schlechter Witz. Tut mir Leid. Aber du hast gut reagiert. Und du bist mir sympathisch.

Meinst du nicht, das geht alles ein wenig schnell?

Wir können natürlich auch erst tagelang ins Theater gehen, bevor wir vögeln. Aber nachher stellt sich raus, dass wir dabei völlig unterschiedliche Auffassungen haben. Und das wäre schade. Ich habe nämlich schon immer von einem intelligenten Mittelfeldspieler geträumt, der gut mit Bällen umgehen kann. Wie sind deine Fähigkeiten im Torraum?

In welche Kasse zahlt ihr eigentlich eure fünf Mark?

Eng umschlungen hatten sie auf der Rheinpromenade gestanden. Über der Kölnarena war tatsächlich die Sonne aufgegangen. Ihre orangefarbe-nen Strahlen hatten sich in ihren Brillengläsern gespiegelt. Als sie ihre Brille abgenommen hatte, funkelten ihre Augen wie der Dom.

Dann hatte sie ihn geküsst.

Komm, hatte sie gesagt. Wir sind gleich da.

»Noch einen Kaffee, der Herr?«

Er schreckte auf. Die Bedienung stand fragend vor ihm.

Er nickte nur abwesend.

»Auch noch ein Käsebrötchen?«

»Danke nein.«

Er blickte in die Großmarkthalle. An den ersten Ständen wurden laut ratternd die Rollgitter geöffnet. Gabelstapler brachten Kisten mit Trauben, Tomaten, Kiwi und Ananas aus den umliegenden Kühlhäusern.

Wie sich die Zeiten ändern.

Früher hatte er morgens in der Galerie immer noch schnell einen Kaffee getrunken, bevor er mit dem Lkw nach Antwerpen gefahren war, um frische Ananas von der Elfenbeinküste abzuholen. Damals hatte er sich gewundert, wie viele Nachtschwärmer immer noch in der Markthalle unterwegs waren. Manchmal hatte sogar ein aufstrebender Fußballtrainer still und leise in der Ecke gesessen, sich ständig die Nase gerieben und darauf gewartet, dass ihm jemand ein kleines Päckchen zuschob.

Jetzt wunderte er sich, wie Leute so früh aufstehen konnten.

Er blickte auf die Uhr. Kurz nach fünf. Er war erst gar nicht nach Hause gefahren. Er hätte eh nicht mehr schlafen können. Aber es war noch viel zu früh, um anzurufen.

Er blickte auf die Schnelle Rheinzeitung vom Montag.

FC nach Pleite gegen die Bayern in akuter Abstiegsgefahr. Ist Lienen noch zu halten?

Sogar der Geißbock würde langsam graue Haare bekommen.

Er blätterte weiter, blieb kurz bei den Annoncen hängen und wurde schließlich auf der letzten Seite fündig.

Nur eine kurze Meldung. Ohne Bild.

Toter aus dem Rhein geborgen.

Gestern Mittag wurde an der Agrippinawerft im Rheinauhafen die Leiche eines Mannes aus dem Rhein geborgen. Ersten Ermittlungen der Polizei zufolge hat der Mann in angetrunkenem Zustand das Geländer überquert und ist dann von der Kaimauer auf ein Kohleschiff gefallen. Er hinterließ zwei Bierflaschen.

Typisch Schnelle Rheinzeitung, dachte er.

Langsam strömten die ersten Händler in die Halle. Wie oft war er wohl hier gewesen?

Was machst du heute, hatte der Disponent der Fruchtunion scheinheilig am Telefon gefragt?

Hauptseminar über frühe Siedlungsformationen auf mitteleuropäischen Lössböden.

Willst du nicht lieber Spargel aus Sevilla holen?

Was für eine Frage. Fünf Tage Arbeit. 1000 Mark auf die Hand und eine ganze Kiste frischer Spargel.

Der Monat war so gut wie gelaufen.

Er sah runter zu Roswitha am Stand der Fruchtunion. Noch heute bekam er zwanzig Prozent Rabatt auf jede Kiste Orangen.

Gaby war wirklich eine Klasse für sich. Warum mussten sie anschließend nur gemeinsam ins Theater gehen?

Er war schon lange nicht mehr in einem der Kölner Theater gewesen. Aber sie hatte für ihn Freikarten organisiert.

Abends musste sie arbeiten.

Jeden Abend.

Im Theater am Dom hatten sie sich noch gemeinsam über die alten Witze vor alten Leuten gelangweilt. Im Schauspielhaus hatte er sich bereits unbeliebt gemacht, als er sich inmitten einer Abiturklasse ständig über »Richard III.« amüsiert hatte. Er konnte die alberne Inszenierung einfach nicht ernst nehmen. Im Severinsburgtheater hatte er die erste gelbe Karte bekommen, weil er schon zur Pause gegangen war und lieber in der Eckkneipe am Eifelplatz ein Bier getrunken hatte.

Ich fand es grausam.

Du hast den tieferen Sinn nicht verstanden.

Wenn es einen gibt, dann verstehe ich ihn meistens auch. Können wir nicht zur Abwechslung mal ein richtig gutes Theaterstück ansehen? Mit Schauspielern, die ihren Beruf beherrschen? Stell dir mal vor, wir müssten dafür auch noch bezahlen.

Das ist in Köln nicht so einfach. In den wenigen Theatern, wo es das tatsächlich gibt, war ich schon auf der Premiere, bevor ich dich kennen gelernt habe.

Dann lass uns doch zur Abwechslung mal in die Comedia zum Kabarett gehen. Das ist wenigstens konkret.

Das macht ein Kollege.

Schade. Ich finde, du bist sehr einseitig.

Das musst du gerade sagen.

Der Feldverweis war zur Pause in der Studiobühne erfolgt.

Wir waren gestern zur Premiere im Theater am Sachsenring verabredet.

Gestern war Champions League auf Premiere. Das hatte ich dir aber gesagt.

Und warum willst du jetzt schon wieder gehen?

Ich kann nicht ertragen, wie sich diese Frau ständig halbnackt auf den Boden wirft und dabei dummes Zeug deklamiert. Das macht für mich keinen Sinn.

Das ist ein hochgelobter Festivalbeitrag.

Das ist mir egal.

Aber darüber kann man doch wunderbar diskutieren.

Tut mir Leid, aber dazu fällt mir wirklich nichts ein.

Das kommt davon, weil du nichts als Fußball und Lastwagen im Kopf hast.

Das ist nicht wahr. Aber dann komm doch mal mit zu einem Fußballspiel. Da wird auch Theater gespielt. Zumindest ist da mehr los als auf so einer langweiligen schwarzen Bühne. Und es gibt mehr Zuschauer.

Ich ruf dich an.

* * *

»Hallo?«

Sie klang verschlafen.

»Hier ist Torsten.«

»Wer?«

»Torsten Fink. Der Mittelfeldspieler. Falls du dich noch an mich erinnerst.«

»Ach, der Lkw-Journalist?«

»Genau.«

»Mann, weißt du eigentlich wie spät es ist?«

»Gleich halb neun.«

»Ich habe doch gesagt, ich ruf dich an.«

»Ich muss dich dringend sprechen. Es geht ums Theater.«

»Das glaube ich jetzt nicht.«

»Doch. Es ist etwas Schreckliches passiert. Ich brauche deine Hilfe.«

»Wenn es sein muss.«

»Es muss sein.«

»Okay, ich ziehe mir nur schnell was über und gehe in die Küche. Ich brauche jetzt einen Kaffee.«

Er meinte, im Hintergrund ein deutliches männliches Brummen zu vernehmen. Vielleicht war es aber auch nur die elektrische Ameise neben ihm.

Er hatte erst noch mit dem Trainer über Taktik im Allgemeinen und über die türkische Liga diskutiert, war dann noch lange durch die Großmarkthalle spaziert, hatte einige alte Bekannte begrüßt und immer wieder ungeduldig auf die Uhr geschaut. Schon um halb acht hatte er ihre Nummer auf das Display geladen, aber dann die grüne Taste doch nicht gedrückt. Schließlich hatte er sich erst um halb neun getraut.

»Also?«, hörte er sie plötzlich wieder sagen, »was ist los?«

»Hast du schon die Schnelle Rheinzeitung von heute gelesen?«

»Nein. Ich war gestern ziemlich lange auf der Premiere im Bauturm. Drei Paare, drei Meinungen. War ganz gut. Das hättest sogar du verstanden.«

»Danke.«

»Nimm es nicht so tragisch.«

Er machte eine Pause.

»Andreas Hubert ist tot.«

Keine Reaktion.

»Hallo?«

»Sag das noch mal.«

»Andreas Hubert ist tot.«

»Oh mein Gott«, entfuhr es ihr.

»Es steht heute in der Schnellen Rheinzeitung. Der Mann aus dem Rheinauhafen. Ich habe gestern zufällig deinen Bericht über sein geplantes Theater gelesen. Der war gut.«

Sie antwortete nicht.

»Gaby?«

Er hörte sie schwer atmen.

»Gib mir ein paar Sekunden«, sagte sie. »Ich ...« Ihre Stimme versagte.

»Ich muss das jetzt erst mal verdauen.«

»Okay. Soll ich gleich noch mal anrufen?«

»Nein, nein. Ist schon gut.«

Er schwieg.

»Ich kann das irgendwie gar nicht begreifen«, sagte sie schließlich nach einer Pause.

»Es ist schrecklich.«

»Was ist passiert?«

»Er ist im Rheinauhafen von der Kaimauer gefallen. Wahrscheinlich hat ihn jemand dort runtergestoßen.«

»Dann ist das ja Mord. Das ist ja schrecklich.«

»Das kannst du laut sagen.«

»Und was willst du jetzt von mir?«

»Ich will wissen, wer ihn umgebracht hat.«

»Das weiß ich doch nicht. Wie kommst du jetzt gerade auf mich?«

»Du kanntest ihn doch näher.«

»So nah auch wieder nicht. Und überhaupt. Ist das nicht Sache der Kriminalpolizei?«

»Die blickt überhaupt nicht durch.«

»Aber du?«

»Auch nicht so richtig. Aber ich war heute Nacht noch in seiner Wohnung, um nach möglichen Hinweisen zu suchen. Da hat mich jemand überrascht und niedergeschlagen. Der Typ ist dann mit der Festplatte aus seinem Computer und ein paar Unterlagen getürmt. Vermutlich geht es um sein Theater. Andreas hat sich wahrscheinlich viele Feinde in der Theaterszene gemacht. Deswegen rufe ich dich an. Ich muss wissen, was in Köln in der Theaterszene los ist.«

Schon wieder dieses Geräusch im Hintergrund.

»Hast du Besuch?«

»Wie kommst du darauf?«

»Ich dachte, ich hätte ein männliches Brummen im Hintergrund gehört?«

»Hier ist niemand. Höchstens mein Kater. Der hat Hunger.«

»Dann ist ja gut.«

Wieder sagte sie lange nichts. Dann schien sie ihre Fassung wiedergefunden zu haben.

»Also, Torsten. Was willst du von mir? Ich habe gleich noch einen Termin und muss mich vorbereiten. Es ist wichtig.«

Das klang nach einer vorgeschobenen Entschuldigung.

»Ich würde mich gerne mit dir treffen.«

»Wozu?«

»Ich will mit dir über Theater reden.«

»Das kommt reichlich spät.«

»Ich meine es ernst. Und vielleicht ist es für dich auch ganz gut darüber zu reden.«

»Wie kommst du darauf?«

Er spürte sofort ihre Unsicherheit.

»Das erkläre ich dir dann. Es könnte wichtig für dich sein.«

Er spürte geradezu ihre Neugierde.

»Also gut«, antwortete sie und bemühte sich, möglichst uninteressiert zu wirken. »Wann?«

»So schnell wie möglich.«

»Schlag was vor.«

»Ich könnte zum Frühstück vorbeikommen.«

»Das kannst du dir abschminken.«

»Dann mach einen besseren Vorschlag.«

»Pass auf. Ich habe um elf Uhr ein Interview mit Verona Feldbusch im Gloria.«

»Nicht schon wieder diesen Witz.«

»Nein. Diesmal wirklich. Obwohl ich jetzt dazu wahrscheinlich kaum in der Lage sein werde.«

»Das wirst du doch noch schaffen. Vielleicht ist ein wenig Ablenkung gar nicht schlecht.«

»Ehrlich gesagt, geht sie mir langsam auf die Nerven. Aber mein Chef besteht darauf.«

»Also wann?«

»Um zwölf im Gloria.«

»Okay. Ich werde da sein. Aber vorher habe ich noch eine Frage.«

»Und?«

»Kennst du das Loft?«

»Klar. Das ist in Ehrenfeld. Da gibt es immer diese neumodische Jazzmusik.«

»Das passt nicht.«

»Was.«

»Es stand bei Andreas im Terminkalender. Aber er mochte keinen Jazz.«

»Der Besitzer vermietet es tagsüber als Probenraum an freie Theatergruppen.«

»Das passt. Und wo genau ist das?«

»In der Wißmannstraße. Du musst auf der Subbelrather Straße beim Hemmer rechts rein. Stadteinwärts gesehen. Wenn du vom Gürtel kommst. Dann ist es direkt gegenüber dem Malerbetrieb von Heinz Simmet«

»Wer?«

»Heinz Simmet. Der Mittelfeldspieler vom FC aus den 70er Jahren.«

»Der ist Maler?«

»Torsten, was weißt du eigentlich?«

»Spar dir deine Kommentare. Wo ist das jetzt genau?«

»Das musst du schon selber rausfinden.«

»Okay. Danke erst mal. Bis später.«

»Bis später.«

»Gaby?«

»Was ist denn noch?«

»Es tut mir Leid wegen Andreas.«

Sie antwortete nicht. Die Leitung war plötzlich tot.

Er blickte auf die Uhr. Noch war es viel zu früh, um ins Loft zu fahren. Schauspieler fangen nie vor zehn Uhr an zu arbeiten, hatte Andreas immer gesagt.

Er ließ sich über die Auskunft mit Manfred Brand am Schlachthof verbinden. Vielleicht konnte er einen kurzen Besuch bei dem Transportunternehmer noch dazwischen schieben. Die Aussicht auf einen Kaffee in seinem kleinen, mit Miniatur-Lkw vollgestellten Büro ließ ihn aufleben. Mit seinen vielen Anekdoten über den Kühltransport hätte Brand auch auf jeder Kabarettbühne bestanden. Kein Wunder, war einer seiner Lieblingssätze, dass es immer mehr tief gefrorene Fertiggerichte gibt. Die jungen Frauen von heute können doch kein Beefsteak mehr von einem Blumenkohl unterscheiden.

* * *

Das Loft war nicht schwer zu finden. Er war über die Liebigstraße gekommen. Beim Hemmer rechts rein in die Wißmannstrasse und dann sofort wieder links in den schmalen Hof. Der Betonklotz mit seinen breiten

Fensterfronten in den beiden oberen Etagen war tatsächlich nicht zu übersehen. Daneben ein Flachbau. Dort stand ein weißer Transporter mit einem markanten Schriftzug: Heinz Simmet. Malerwerkstätten.

Unwillkürlich musste er an seinen ersten Besuch im Müngersdorfer Stadion denken. Ein Datum, das er nie vergessen würde.

12. November 1975. Bundesliga-Premiere in der neuen Betonschüssel. 3:3 gegen Eintracht Frankfurt vor 40000 Zuschauern. Tore durch Flohe, Konopka und ... Heinz Simmet. Sein Idol aus jungen Jahren. Ein echtes Kämpferherz. Wie fast alle Spieler in dieser Zeit. Keine jungen Weicheier, denen der Hintern mit Geld gepudert wird. Unglaublich. Sechs Millionen Mark für einen Stürmer aus der Pfalz, der noch kein einziges Tor geschossen hat, aber trotzdem reich ist und für den Rest des Lebens ausgesorgt hat. Und der Mann, der sich für den FC früher die Lunge aus dem Leib gelaufen und die größten Erfolge des Vereins mit errungen hat, muss sich heute sein Auskommen als Maler verdienen.

Was für Zeiten.

Er lehnte sein Rad neben den Eingang an die Wand. Der Besuch bei Manfred Brand hatte ihm gut getan. Bis kurz vor zehn war er dort geblieben. Aus der Anekdote, die Brand ihm erzählt hatte, könnte er schnell eine kleine Geschichte machen. Die Müdigkeit, die ihn kurz vor sieben nahezu gelähmt hatte, war wie weggeflogen.

Dazu die Freude auf das Treffen mit Gaby.

Er öffnete die schwere Stahltür und ging das nackte Treppenhaus hoch. Nur vereinzelt klebten ein paar Poster an der Wand. Lars Duppler Palindrome. Modern Jazz aus Köln. Kommenden Freitag. Nie gehört. Daneben das schwarz-rote Plakat von »Ausverkauft«. Premiere am 4. Oktober 2001. Donnerstag ist ein guter Tag für eine Premiere, hatte Andreas gesagt. Dann steht die Kritik schon am Samstag im Kölner Stadt-Anzeiger. Wenn alle Leute Zeit haben, sie zu lesen.

Hinter der Tür im zweiten Stock hörte er Stimmen. Vorsichtig öffnete er die Tür einen Spalt.

Der Raum war hell und freundlich. Auf der rechten Seite stand ein Tapeziertisch mit einer Thermoskanne, einer Tüte H-Milch, Würfelzucker und ein paar Kaffeepötten. Ein Mann um die vierzig mit grauen Harren saß am Tisch und machte sich offensichtlich Notizen. Ein paar Requisiten standen am Kopfende auf einem großen weißen Tuch. Zwei Stühle, ein Tisch, ein paar Theaterscheinwerfer. Eine junge schlanke Frau Anfang zwanzig mit kurz geschnittenen dunkelbraunen Haaren ging auf und ab und starrte dabei immer wieder auf das Skript in ihren Händen.

»Nach einer Woche solltest du ein wenig mehr Textsicherheit haben, Sandra«, sagte der Mann am Tisch. »Sonst brauchen wir gar nicht erst weiter mit den anderen Schauspielern zu proben.«

»Du bist gemein.«

»Gleich kommt Andreas. Der ist schon etwas nervös. Du weißt doch selbst, dass die Premiere bereits in vier Wochen ist. Und als Regisseur bin ich nachher allein verantwortlich, wenn die Aufführung in die Hose geht.«

»Ich habe von Anfang an gesagt, dass es Wahnsinn ist, ein Stück in fünf Wochen auf die Beine zu stellen.«

»Andreas hat gesagt, bei der AOL Theatre Company hätten sie früher ein Stück in zwei bis drei Wochen inszeniert«, entgegnete der Regisseur.

»Kein Wunder. Weißt du, was ein Schauspieler in der ach so tollen AOL Theatre Company war? Ich hab mal mit ein paar Leuten geredet, die da mitgemacht haben. Soll ich es dir sagen, ja?«

»Sprich dich aus.«

»Abhängig ohne Lohn.«

Der Regisseur musste lachen.

Sandra ging wütend auf und ab und schlug mit dem Handrücken immer wieder auf das Skript.

»Und was ist das hier für eine gequirlte Scheiße. In Englisch mag das ja noch funktionieren. Aber so ein gestelztes Deutsch habe ich schon lange nicht mehr gehört.«

»Das ist kein Grund, sich ständig zu verhaspeln, Sandra. Den Text werden wir gemeinsam mit dem Übersetzer noch etwas ausfeilen. Dafür kommt Andreas ja gleich vorbei.«

Er blickte auf die Uhr.

»Merkwürdig. Eigentlich müsste er schon längst da sein. Sonst ruft er immer an, wenn ihm was dazwischen gekommen ist.«

»Vielleicht ist er einfach nur versackt. Er wollte abends in der Südstadt Handzettel verteilen. Aber red dich nicht raus, Harald. Das ganze Stück ist total an den Haaren herbeigezogen. Ich hätte mich gar nicht darauf einlassen sollen. Wer schaut sich heute schon ein sozialkritisches Stück über irgendwelche Globalisierungsgegner an, die in Genua von der Polizei aufgemischt werden?«

»Ich glaube, du hast die Idee nicht verstanden. Das ist das Stück im Stück. Globale Angst. Natürlich schaut sich das niemand an. Das ist die böse Ironie. Deswegen kommt ja zum Ende des ersten Aktes der junge albanische Techniker, der eine einjährige ABM-Stelle im Theater an der Ulrepforte hat, vor Beginn des Stückes in die Garderobe und sagt, dass er eine Gruppe grüner Politiker getroffen hat und die Vorstellung am Abend ausverkauft ist. Das müssen wir jetzt rüberbringen.«

»Und deswegen muss ich singen?«

»Genau,« antwortete der Regisseur. »Deswegen hat Andreas dich beim Casting vorgeschlagen. Weil du früher mal im Chor warst. Denn das ist die Aussage. Politisches Theater ist tot, es lebe das Musical.«

»Das ist mir ehrlich gesagt zu hoch.«

Sie feuerte das Skript in die Ecke.

»Wo bleibt Andreas? Ich steige aus.«

»Sandra, hör auf zu mosern. Du weißt genau, dass du nicht aussteigen kannst. Du hast einen Vertrag.«

»Ach, das ist doch alles Scheiße. Und irgendwie kann ich mich heute sowieso nicht auf den Text konzentrieren. Können wir nicht einen Kaffee trinken?«

»Sandra! Wir haben gerade vor einer halben Stunde mit der Probe angefangen. Auch wenn du letztes Jahr den Puck als beste Kölner Nachwuchsschauspielerin bekommen hast, ist das noch lange kein Grund, dich wie eine Primadonna aufzuführen.«

»Ich will ja nur den Text noch einmal im Team durchgehen. Ich finde meinen Part nämlich völlig bescheuert.«

Der Regisseur schien langsam die Geduld zu verlieren.

»Ich weiß wirklich nicht, warum Andreas dich engagiert hat. Das war seine Entscheidung. Er ist der Produzent, und er bezahlt uns.«

»Wenn das wenigstens so wäre. Noch hab ich kein Geld gesehen. Das ist doch alles völliger Murks. Wir proben ein total absurdes Stück, um in vier Wochen in einem Theater zu spielen, das bis jetzt noch nicht mal eine Bühne hat.«

»Okay, dann trinken wir jetzt halt einen Kaffee.«

Fink öffnete die Tür. Sandra und der Regisseur schauten fast gleichzeitig zu ihm herüber. Doch erst beim zweiten Hinsehen erkannten sie, dass es nicht Andreas Hubert war, der plötzlich vor ihnen stand.

»Karten für das Jazz-Konzert gibt es eine Etage höher«, sagte der Regisseur.

»Nein, nein. Ich wollte zu der Probe für Ausverkauft. Das ist doch richtig hier, oder?«

»Das schon, aber die Probe ist leider nicht öffentlich. Außerdem haben wir gerade eine kleine Krisensitzung.«

»Deswegen bin ich ja hier. Mein Name ist Fink. Torsten Fink. Ich bin ein Freund von Andreas Hubert.«

»Ach so. Er hat zwar nichts davon gesagt, dass wir heute einen Gast haben. Aber von mir aus können Sie gerne zuschauen. Wir müssen uns nur noch über die Aussage des Stückes einigen. Das kann allerdings noch etwas dauern.«

»Ich fürchte, ich habe keine gute Nachricht für Sie«, sagte er vorsichtig.

Die beiden horchten geschlossen auf.

»Was gibt es jetzt schon wieder?«, fragte Sandra gelangweilt aus ihrer Ecke. »Wird doch noch die Premiere verschoben, oder was? Dann wäre Andreas für mich endgültig gestorben. Ich bin übrigens die Sandra. Sandra Wechselberger. Ich spiele hier die Hauptrolle.«

»Das merkt leider keiner, Sandra, auch wenn du es ständig betonst. Nimm dich einfach ein bisschen zurück. Weniger ist mehr.«

Sandra feuerte einen wütenden Blick in Richtung Regisseur. Dann schenkte sie Kaffee ein.

»Möchten Sie auch einen?«, fragte sie schließlich und blickte zu Fink hinüber.

»Danke. Ich habe heute schon zu viel Kaffee getrunken. Ich bin schon die ganze Nacht unterwegs.«

»Ist was passiert?«, fragte der Regisseur.

Er zögerte einen Augenblick.

»Andreas Hubert ist tot. Er wurde Samstagnacht im Rheinauhafen von der Kaimauer auf ein Kohleschiff gestoßen.«

»Neeein!!!«, schrie Sandra auf. Sie schlug die Hände über dem Kopf zusammen und brach auf der Stelle in ein lautes Schluchzen aus.

»So ist es gut, Sandra. Das kommt echt gut rüber.«

»Das ist echt, du gefühlloses inkompetentes Arschloch«, schrie sie den Regisseur an. »Hast du das nicht verstanden? Andreas ist tot.«

Der Regisseur schaute entgeistert.

»Ich dachte, das war jetzt einer von seinen schlechten Witzen. Der hatte in letzter Zeit öfter so makabere Späße drauf gehabt.«

»Was für Späße?«, fragte Fink.

»Er sagte, wir würden bald viel Geld verdienen. Und nach der letzten Probe hat er gesagt, dass die Sandra ihn noch ins Grab bringen würde. Ich dachte glatt, er hätte schnell was inszeniert, um seinen Frust über die Proben plastisch zum Ausdruck zu bringen. Eine Tote, damit andere zur Erkenntnis kommen. So wie die keuschen aktiven Frauen bei William Shakespeare.«

»Es steht heute in der Schnellen Rheinzeitung.«

»Die lese ich nicht. Schon aus Prinzip nicht.«

»Nur weil diese Dumpfbacke von Kritikerin deine letzte Inszenierung in der Comedia so zerrissen hat.«

»Ach, halt den Mund, Sandra.«

»Selber.«

»Können wir vielleicht einen Moment vernünftig miteinander reden? Ich versuche nämlich herauszufinden, wer für seinem Tod verantwortlich ist.«

»Ist das nicht Sache der Polizei?«, warf der Regisseur ein.

»Im Grunde schon. Aber die haben leider niemanden, der sich in der Kölner Theaterszene auskennt.«

»Kommt der Mörder aus der Kölner Theaterszene?«, fragte Sandra.

»Das ist leider anzunehmen.«

Sandra schüttelte den Kopf.

»Ich wusste doch, dass er Dreck am Stecken hat. Worauf habe ich mich da bloß eingelassen. Ich hätte doch besser bei Ratz & Rübe im Kindertheater mitgemacht, anstatt mir so einen pseudo-intellektuellen Schwachsinn anzutun. Ausverkauft. Da kann ich nur drüber lachen. Kein Mensch würde sich in Köln so ein Stück anschauen. Andreas ist zu spät auf den Zug aufgesprungen. Musicals sind auch schon wieder out. Das Einzige, was die Leute heute noch ins Theater bringt, ist Comedy.«

»Das sehe ich völlig anders, Sandra«, sagte der Regisseur. »Ein gutes zeitkritisches Stück findet in Köln immer sein Publikum. Besonders, wenn es um wirtschaftspolitische Themen und die Bedrohung der menschlichen Solidargemeinschaft durch multinationale Konzerne geht.«

»Aber nicht in einer umgebauten Postfiliale.«

»Andreas hatte große Pläne mit seinem Theater«, sagte der Regisseur.

»Pläne ja, aber keine Planung.«

»Was soll das heißen?«

»Das Ganze war doch eine Nummer zu groß für ihn. Und jetzt sind wir die Gelackmeierten. Was machen wir jetzt, Harald? Kannst du mir das verraten?«

Der Regisseur zuckte nur mit den Schultern.

»Keine Ahnung. Wir können das Stück ja fertig inszenieren und Gastspiele geben.«

»Und wer soll das bezahlen?«

»Vielleicht gibt es ja in solchen Fällen einen Feuerwehrfond im Kulturamt? Wir können ja nichts dafür.«

»Die Stadt ist doch pleite.«

»Ich werde mich mal erkundigen«, sagte der Regisseur. »Das kostet nichts. Ich denke, für heute machen wir Schluss. Ich rufe die anderen an und sage ihnen, was los ist. Es ist noch früh in der Spielzeit. Vielleicht kommen die ja noch in einer anderen Produktion unter, wenn sie Glück haben.«

»Das kannst du abhaken, Harald. Und ich will nicht auch noch nach Dinslaken fahren müssen.«

»Du brauchst dir doch keine Sorgen zu machen, Sandra«, sagte der Regisseur plötzlich mit einem bösen Unterton. »Für dich ist Theater doch nur eine Durchgangsstation auf deiner kurzen, aber steilen Karriereleiter.«

»Weiß du was, Harald. Du kannst mich mal.«

Sie stopfte wütend ihre Sachen in einen Umhängebeutel.

Fink blickte auf die Uhr. Schon weit nach elf. Er musste sich gehörig sputen, um nicht zu spät und zu abgehetzt zu Gaby zu kommen.

»Es tut mir Leid, dass ich keine bessere Nachricht überbringen konnte«, sagte Fink. »Aber ich muss jetzt leider gleich wieder weg. Ich hab noch einen wichtigen Termin in der Stadt.«

»Das war jetzt echt klasse«, rief der Regisseur. »Wie in der griechischen Tragödie. So habe ich mir den Techniker in Ausverkauft vorgestellt. Genau wie dieser Überraschungsmoment gerade. Ganz nüchtern. Einfach reinkommen, Text sagen, Wirkung abwarten. Nur natürlich mit einer positiven Botschaft. Sind sie etwa auch Schauspieler?«

»Wohl kaum.«

»Schade eigentlich. Sie haben Talent. Ach, was soll es. Schluss für heute.«

»Den Schock muss ich erst einmal verdauen«, sagte Sandra.

Fink ging auf sie zu.

»Ich würde mich gerne mit Ihnen noch einmal in Ruhe unterhalten. Vielleicht können Sie mir helfen, den Mörder zu finden.«

»Das glaube ich kaum«, antwortete sie schnippisch.

»Bitte. Vielleicht wissen Sie mehr, als Sie ahnen.«

»Das kann ich mir zwar nicht vorstellen. Aber von mir aus.«

Sie zog eine Visitenkarte aus ihrer Tasche und reichte sie ihm rüber.

Sandra Wechselberger

Schauspielerin

Ausgezeichnet mit dem »Puck« der Theatergemeinde Köln.

»Sie können mich auch gerne auf der Bühne bewundern. Ich spiele gerade im ARTheater. Die kleine Horrorshow.«

»Ich werde es mir überlegen. Kann ich Sie später noch mal anrufen?«

»Wenn es nicht morgens vor zehn Uhr ist.«

»Ich will Ihnen natürlich keine Unannehmlichkeiten bereiten«, beschwichtigte er.

»Ist schon gut. Ich habe ja schließlich nichts zu verbergen.«

* * *

Er erreichte das Gloria um fünf vor zwölf. Die Tische waren schon um diese Zeit alle besetzt. Er fragte sich, was die Leute eigentlich arbeiteten, um so früh ins Café gehen zu können.

Gaby saß allein hinten links in der Ecke, hatte die Schnelle Rheinzeitung und einen Schreibblock vor sich liegen. Sie trank einen Milchkaffee.

Keine Spur von Verona Feldbusch.

Gaby stand auf, drückte Fink kurz an sich und gab ihm einen Kuss auf die Wange. Sie sah übermüdet aus. Das rote Top war für die Jahreszeit deutlich zu offenherzig.

»Ich bin schon ein wenig früher gekommen.«

»Das war mir klar.«

»Und? Geht es wieder?«

»Ich bemühe mich. Das war eben ein echter Schock. Und mit dir hatte ich überhaupt nicht mehr gerechnet. Trotzdem schön dich zu sehen, Torsten. Das mit Andreas tut mir auch wahnsinnig Leid. Er hatte doch noch so viel vor im Leben.«

»Das stimmt. Wir hatten gerade wieder etwas mehr Kontakt bekommen. Auch wenn wir zwei völlig unterschiedliche Typen waren. Du weißt ja. Theater und Transport. Das passt irgendwie nicht zusammen.«

Sie lächelte milde.

»Ja, ich weiß.«

»Wie Fußball und Frauen, haha.«

»Komm Torsten, nimm es nicht so tragisch. Wir hatten eine schöne Zeit.«

»Eine ganz schön kurze Zeit.«

»Ach Torsten. Man kann doch gar nicht so schnell leben wie die Zeit vergeht. Immerhin hast du dich angestrengt.«

Die Milde ihrer Stimme ließ ihn den Schmerz für einen Moment vergessen.

»Und du?«

»Na ja, die Spielzeit hat wieder angefangen. Eine Premiere jagt die andere. Ständig rufen Theaterleiter an, weil sie unbedingt in die Zeitung wollen. Jeder meint, sein Stück sei der Hit der Saison. Wenn die wüssten. Je öfter einer bei mir anruft, desto tiefer rutscht seine Einladung unter den Stapel.«

»Ach, so ist das.«

»Na ja. Das sagt man halt so, meint man aber natürlich nicht wirklich.«

»Verstehe.«

»Und dazu den üblichen Klatsch und Tratsch, der eine geschwätzige Großstadt wie Köln im Innersten zusammenhält.«

Er sah sich um.

»Wo ist denn eigentlich Verona? Ich dachte, ich hätte noch einen Blick auf sie erhaschen können.«

»Schon wieder weg. Das ging ganz schnell. War mir auch recht.«

»Was hat sie gesagt?«

»Das übliche Thema für eine Frau in ihrer Situation. Kinder oder Karriere. Aber noch ist nichts raus.«

»Das ist ja mal eine echte Neuigkeit.«

Gaby zündete sich eine Zigarette an.

»Auch eine?«

»Gerne.«

»Hey, seit wann rauchst du denn?«

»Seit du mich verlassen hast.«

Sie schenkte ihm ein kurzes Lächeln. Dann holte sie einen kleinen Spiegel in einem schwarzen Lederetui aus ihrer Handtasche und zog mit einem roten Lippenstift ihre Lippen nach. Er bestellte in der Zwischenzeit ebenfalls einen Milchkaffee.

»Ich sehe, dass du immer noch die gleichen Vorlieben hast wie Andreas.«

Er merkte sofort, wie sie stutzte.

»Was?«

»Schwarz und rot. Wie das Poster von Ausverkauft.«

»Ach so. Das meinst du.«

»Was hätte ich sonst meinen können? Gab es vielleicht noch andere Gemeinsamkeiten zwischen euch.«

Sie zögerte die Antwort offensichtlich heraus.

»Ich weiß zwar nicht, worauf du hinaus willst. Aber ja. Wir hatten einiges gemeinsam. Vor allen Dingen konnte man sich mit Andreas gut unterhalten. Und nicht nur über Theater. Aber die Idee mit seinem Theater an der Ulrepforte war schon toll. Köln braucht dringend ein Haus mit 200 Sitzen und ausreichend Parkplätzen, das auch von Freien Gruppen genutzt werden kann. Ich bin sicher, die Leute wären nur so ins Theater geströmt. Er hat gesagt, die Premiere sei schon fast ausverkauft. Der Mann hatte Visionen.«

»In erster Linie hatte er Schulden. Bei mir und bei der Kölner Sparkasse.«

»Oh!«

Das war echt, dachte er.

»Ihr habt euch am Freitag getroffen? Stimmt das?«

Er sah sofort, dass sie versuchte, die Situation zu überspielen. Sie sah ihn an. Ihre Augen funkelten böse. Aber ihre Nase zitterte leicht.

»Klar, wir waren gemeinsam im Theater am Bauturm. Und wir hatten um elf am Samstag einen Termin an seinem Stand auf der Schildergasse. Ich hatte extra unseren Fotografen bestellt. Es passiert ja nicht alle Tage, dass jemand in Köln ein neues Theater gründet. Schon gar nicht in dieser Zeit, wo das Geld für eine vernünftige Kulturarbeit an allen Ecken und Kanten zusammengestrichen wird.«

»Wann fing dieser Theaterbummel an?«

»Offiziell gegen halb zehn. Wenn die ersten Leute zum Einkaufen kommen. Vorher bringt das nicht viel.«

»Aber vorher wurden die Stände aufgebaut?«

»Ja.«

»Schon ziemlich früh, nehme ich an.«

»Kann sein.«

»Ich war gestern in seiner Wohnung. Ich habe dir ja gesagt, dass ich dort niedergeschlagen worden bin. Jemand hat die Festplatte aus seinem Computer und einige Unterlagen mitgehen lassen.«

»Das ist krass.«

»Aber das ist nicht alles. Ich war auch in der Küche. Andreas muss am Samstagmorgen noch einen Besucher oder sogar eine Besucherin gehabt haben. Der Frühstückstisch war für zwei Personen gedeckt. Und es sah so aus, als wären diese Personen in großer Eile aufgebrochen.«

»Wer etwas erreichen will, muss früh aufstehen.«

»Oder länger bleiben.«

Wieder zitterte ihre Nase. Frauen konnten sich einfach nicht verstellen.

»Die Polizei hat Fingerabdrücke genommen. Von den beiden Kaffeepötten. Die mit dem Logo des Edinburgher Theaterfestivals von 1985. An einem war deutlich roter Lippenstift zu erkennen.«

»Was willst du damit sagen?«

»Du hattest ein Verhältnis mit Andreas.«

Sie schreckte zusammen, blickte sich erst unauffällig um, beugte sich schließlich zu ihm herüber und senkte dabei deutlich ihre Stimme.

»Nicht so laut, Torsten.«

»Also gibst du es zu?«

»Wir haben uns öfter mal getroffen, Torsten. Das ist alles. Natürlich ging das nicht in der Öffentlichkeit. Wenn das raus kommt, bin ich meinen Job los. Was glaubst du, wie viele Leute in der Kölner Theaterszene nur darauf lauern, der Schnellen Rheinzeitung zu unterstellen, dass sie das eine oder andere Theater bevorzugt. Das gäbe einen Skandal, das kannst du dir gar nicht vorstellen. Selbst wenn es nicht stimmt.«

»Wenn was nicht stimmt?«

»Dass wir einige Theater bei der Besprechung bevorzugen. Wir sind absolut objektiv. Da ist die Stadt Revue ganz anders.«

»Ich finde, das Bauturm wird ziemlich oft genannt. Soweit ich das beurteilen kann. Aber ich bin nicht mehr up to date. Seit unserer Trennung lese ich die Schnelle Rheinzeitung nicht mehr.«

»Ach du bist das.«

»Was?«

»Kleiner Witz am Rande.«

»Ach so.«

»Du weißt wirklich nicht viel über die Kölner Theaterszene?«

»Das Nötigste, um im Großstadtdschungel zu überleben.«

»Da hast du den Nagel auf den Kopf getroffen. Ich will dir eins sagen. Dieses ganze Getue um gemeinsame Kulturarbeit, Theaterkonferenz, Lange Theaternacht und was es sonst noch alles an Initiativen gibt. Reine Show, um nach draußen hin ein positives Umfeld zu vermitteln. Hinter den Kulissen rumort es gewaltig. Jeder Theaterleiter behauptet, er hätte den größeren Anspruch auf das wenige Geld. Und jeder hält natürlich seine Arbeit für die Beste in Köln.«

»Na und?«

»Die ersten drei Theater sind jetzt schon aus der Kölner Theaterkonferenz ausgetreten. Das ist wie im alten Rom. Der langjährige Imperator hat seine Macht verloren. Und nun herrschen Machtspiele, Neid und Missgunst. Oder hast du schon mal gesehen, dass sich irgendwelche Theaterleiter die Premieren in anderen Häusern ansehen?«

»Ist mir persönlich nicht aufgefallen.«

»Es gibt sogar einen, der sich über jeden Verriss der Konkurrenz in der Zeitung freut.«

»Ist der vom Kellertheater?«

»Nein. Aber der hat auch ein Kellertheater. Und der behauptet natürlich immer, wie wichtig gerade sein Haus für Köln ist.«

»Das ist mir zu hoch. Von welchem Theater ist der denn nun?«

»Macht nichts. Ist auch nicht wirklich wichtig. Es gibt einfach zu viele Kellertheater in Köln. Aber fast alle Theaterleiter sind so. Das kannst du mir glauben. Ich kenne die Szene.«

»Warum das alles? Ich dachte immer, kreative Menschen freuen sich mit den anderen.«

»Wer hat dir das denn erzählt?«

»Das hab ich mal irgendwo gelesen. In der Zeit, glaube ich.«

»Vergiss es. Es geht nicht nur um die Kultur, Torsten. Es geht auch um Eitelkeiten und vor allen Dingen ums Geld.«

»Das musst du mir erklären.«

»Ganz einfach. Es gibt heute in Köln 59 freie Theater und Theatergruppen. Die ältesten davon haben sich vor vielen Jahren in der Kölner

Theaterkonferenz zusammengeschlossen. Das war damals echt vorbildlich. Bundesweit einmalig. Geradezu legendär.«

»Und jetzt?«

»Jetzt hauen sie sich die Köpfe ein.«

»Warum?«

»Weißt du, wie viel Geld es für die Freien Theater in dieser Spielzeit gibt?«

»Keine Ahnung.«

»2,1 Millionen Mark.«

»Das sagt mir jetzt gar nichts.«

»Wie den meisten Leuten in Köln. Deshalb gibt es ja auch keinen öffentlichen Aufschrei. Nur die Grünen mosern ein wenig. Aber das nimmt ja sowieso keiner mehr ernst. Das ist nichts, Torsten, absolut nichts. Damit steht Köln im bundesweiten Vergleich der Förderung Freier Theater auf dem letzten Platz. Wenn du willst, kann ich dir jemanden besorgen, der mehr darüber weiß als ich.«

»Gerne.«

»Die Theaterkonferenz sagt, fünf Millionen wären das Mindeste, um vernünftig arbeiten zu können. Das kriegt sie aber nicht, weil kein Geld da ist. Köln ist so gut wie pleite. Es zahlt ja heute kaum noch ein großes Unternehmen in Deutschland Steuern. Und wenn Ford auch noch irgendwo auf einer einsamen Insel eine Holding gründet, dann kann Köln ganz einpacken.«

»Aber es gibt doch Sponsoren, so weit ich weiß.«

»Na ja, Ford und die GEW tun was in den Topf. Aber das hält sich auch in Grenzen. Mit einem Teil des Geldes wird schon das gemeinsame Plakat der Kölner Theater finanziert. Da bleibt nicht mehr viel übrig.«

»Ja, Werbung ist teuer. Aber dann muss man das wenige Geld halt wenigstens vernünftig verteilen.«

»Du Witzbold. Gerade darum geht es ja. Das ist wieder mal typisch Köln. Einige Theater werden seit Jahren gefördert, andere nicht. Die müssen sich dann wie die Gruppen bei den Projektkostenzuschüssen bewerben. Und deren Vergabe entscheidet der Theaterbeirat.«

Fink nickte nur. Irgendwann hatte ihm Andreas mal erzählt, wie er künstlich die Produktionskosten bei der AOL Theatre Company hochgetrieben hatte, um dann überhaupt einen Bruchteil der notwendigen Summe zu bekommen.

Gaby kam in Fahrt.

»Im Theaterbeirat sitzt ein Vertreter der Stadt, die anderen Stimm-berechtigten sind Vertreter der Theater und der Gruppen. Die schlagen dann vor, wie das Geld verteilt werden soll. Der 10000 Mark, der nur 5000 Mark, die meisten gar nichts. Prinzip Gießkanne. Viele kleine Tropfen auf einen großen heißen Stein. Aber wenn ein Theaterleiter keine Lobby hat oder seine Visage nicht passt, dann kriegt er auch nichts. Da kann er noch so viele Anträge schreiben. Nur Betty Wiesel bekommt immer Geld.«

»Betty Wiesel?«

»Genau. Betty Wiesel. Noch nie von ihr gehört? Die macht Perfor-mance. Mal im Neptunbad, mal auf der Straße. Die mag jeder. Vor allem die Stadt Revue.«

»Und die sitzt natürlich mit im Theaterbeirat?«

»Mensch Torsten, du bist ja richtig scharfsinnig.«

»Dann ist doch dem Klüngel Tür und Tor geöffnet.«

»Genau. Und deswegen hat die Stadt jetzt beschlossen, dem Ganzen ein Ende zu bereiten und eine unabhängige Theaterjury aus externen Fachleuten einzusetzen, die die Arbeit der Theater qualitativ bewertet und danach das Geld ausschüttet, ohne selbst davon zu profitieren.«

»Einer kommt aus Düsseldorf, habe ich gelesen.«

»Die kommen von überall, Torsten. Alles angeblich kompetente Leute, von denen man hofft, dass sie sich unabhängig und objektiv entscheiden und keine Rücksicht auf gewachsene Strukturen nehmen.«

»Das hört sich doch gut an.«

»Es ist nur eine weitere Spielart der Hilflosigkeit. Es gibt einfach zu wenig Geld.«

»Und was sind die Qualitätskriterien?«

»Das ist ja das Bekloppte. Es weiß keiner. Das wird geheim gehalten und ist damit natürlich die Basis für Spekulationen. Es wird wieder total subjektiv werden, das kann ich jetzt schon sagen. Allerdings gibt es demnächst nur noch zehn Theater, die gefördert werden sollen. Die anderen gehen völlig leer aus. Die Theater empfinden das natürlich als reines Glücksspiel. 10 aus 59. Und wer sich am lautesten dage-gen beschwert, der wird schon gar nichts bekommen. So sehe ich das jedenfalls.«

»Das ist ja unglaublich.«

»Das gibt Mord und Totschlag in der Szene, Torsten. Das verspreche ich dir. Denn so weit ich weiß, soll das Theater an der Ulrepforte zu diesen zehn Theatern gehören.«

»Hat es schon.«

»Was?«

»Es hat schon Mord und Totschlag gegeben. Andreas ist tot. Er wurde am Samstag von der Kaimauer im Rheinauhafen gestoßen.«

Sie nahm die Hand vor den Mund. Der Schreck war nicht gespielt.

»Oh. Wie konnte ich das vergessen. Tut mir wirklich Leid.«

»Ist schon in Ordnung.«

»Was sagt die Polizei?«

»Die tappt im Dunkeln. Deine Informationen sind natürlich Gold wert. Die würde sich aber sicher auch sehr brennend dafür interessieren, wer ihn zuletzt noch besucht hat.«

Sie legte ihre Hand auf seine und schaute ihn an.

»Bitte nicht, Torsten. Bitte nicht. Das darf die Polizei nicht erfahren. Sonst bin ich am Ende. Die machen mich fertig. Ich kann doch dann nicht mehr guten Gewissens für die Schnelle Rheinzeitung in ein Theater gehen.«

»Das ist dein Problem. Vielleicht solltest du einfach mehr Distanz zu den Theaterleitern wahren.«

»Ach Torsten, es ist nicht so, wie du denkst.«

»Wie ist es dann?«

Sie schaute auf ihre Uhr.

»Ich würde dir das gerne näher erklären, aber ich muss jetzt in die Redaktion. Der Beitrag über Verona muss morgen in die Zeitung. Sie hat demnächst eine neue Fernsehshow.«

»Ach, so geht das.«

»Was dachtest du denn?«

Sie winkte dem Kellner und zückte ihre Geldbörse.

»Ich lade dich ein. Geht sozusagen auf Verona.«

»Danke. Wann können wir uns wieder treffen?«

»Ich werde gleich versuchen, meinen Kontaktmann zu erreichen.«

»Eine Frage noch. Sagt dir der Name Sandra Wechselberger etwas?«

»Die Sandra? Na klar. Was willst du denn von der?«

»Ich habe sie zufällig getroffen. Sie spielt die Hauptrolle in Ausverkauft. Und sie steht wohl im Augenblick im ARTheater auf der Bühne.«

»Ich weiß. Der reine Horror. Das ist nun wirklich die totale Zicke, die Andreas da am Hals hatte. Die wird total überschätzt.«

»Von wem?«

»Von allen. Besonders von der Theatergemeinde Köln. Die hat doch glatt im letzten Jahr den Puck bekommen.«

»Das habe ich heute schon mal gehört. Das kenne ich aber nur vom Eishockey.«

»Oh Torsten, ich dachte, du hast diese Arbeit über Shakespeare geschrieben.«

»Ja, das stimmt.«

»Der Puck aus dem Sommernachtstraum.«

»Na klar. Wie konnte ich das vergessen. Und was hat das mit der Theatergemeinde zu tun?«

»Also. Jedes Jahr Anfang Dezember wird im Mediapark der Theaterpreis der Stadt Köln vergeben. Natürlich zahlt die Stadt Köln nichts dafür sondern Sponsoren wie Citroën zum Beispiel oder die Stiftung Kölner Kultur.«

»Und wer entscheidet das?«

»Zur Abwechslung mal die Presse.«

» Also du, sozusagen.«

»Mich hat leider keiner gefragt, ob ich mit in die Jury möchte.«

»Lass mich raten. Auch da haben gewisse Leute ihre Favoriten.«

Gaby sah ihn plötzlich sehr ernst an.

»Torsten. Davon lässt du am besten ganz die Finger. Das ist gefährlich. Leg dich in Köln nicht mit der Presse an.«

»Okay. Aber was hat das jetzt mit Sandra Wechselberger zu tun?«

»Das war eine ganz normale, halbwegs intelligente und talentierte Nachwuchsschauspielerin. Kannst du dich noch an den Abend erinnern, als wir gemeinsam in der Studiobühne waren?«

»Wie könnte ich den vergessen.«

»Da hat Andreas sie beobachtet und wohl auch engagiert. Hat er mir jedenfalls mal so gesagt. Da hat sie noch jede Rolle genommen, die sie kriegen konnte. Sogar ohne Gage. Hauptsache, sie stand auf der Bühne. Aber das war einmal.«

»Wieso war?«

»Seit sie diesen Puck hat, ist sie völlig abgedreht. Kaum ein Regisseur will noch mit ihr arbeiten. Die redet nur von ihrer Karriere als zukünftiger Comedy-Star im Fernsehen.«

»Sieh an. Aber in Ausverkauft ist sie dabei.«

»Keine Ahnung, was da nun dahinter steckt. Vielleicht hat sie einen Vertrag, aus dem sie nicht rauskommt.«

»Oder hatte sie vielleicht eine Affäre mit Andreas?«

»Das musst du sie schon selber fragen, Torsten. Da mische ich mich nicht ein. Dafür ist mir die Gerüchteküche hier in Köln zu heiß. Ich kann mich höchstens mal für dich umhören, was ihre Fernsehpläne so machen.«

»Das würde vielleicht helfen.«

Gaby packte ihre Sachen zusammen.

»Jetzt muss ich aber los«, entgegnete sie. Aber sie schien den Abschied hinauszögern zu wollen. Er drückte sie an sich. Sie wehrte sich nicht.

»Übrigens, Torsten«, sagte sie schließlich, als sie sich wieder aus seiner Umarmung gelöst hatte.

»Ja?«

»Was ich dir noch sagen wollte.«

Sie sah ihm direkt in die Augen.

»Ich hatte wirklich nichts mit Andreas. Wir haben einfach nur stundenlang miteinander geredet. Er konnte einfach unheimlich gut zuhören. Für einen Theaterleiter war das eine absolute Seltenheit.«

»Und das soll ich dir jetzt glauben?«

»Das ist deine Sache. Ich will dir nur eins sagen. Ich bin im Grunde eine treue Seele, Torsten.«

»Komm. Erzähl nichts. Du vernaschst die Männer doch reihenweise.«

»Es ist nicht so. Du hast ein völlig falsches Bild von mir. Klar, ich suche schon einen Mann. Welche Frau sucht keinen Mann für eine feste Beziehung. Aber finde heute doch mal einen halbwegs intelligenten, sportlichen, gut aussehenden, finanziell unabhängigen Mann, mit dem man stundenlang reden kann, der gut im Bett ist und der natürlich auch etwas von Theater versteht. Bislang ist mir noch keiner über den Weg gelaufen. Schon gar nicht im Theater.«

»Anspruchsvoll bist du nicht gerade.«

»Ist wahrscheinlich auch schwierig. Deswegen habe ich meinen Kater. Der macht, was ich will, schnurrt dabei und freut sich immer, wenn es was zu essen aus der Dose gibt. Bei euch muss es da irgendwo eine Sollbruchstelle geben. Viele Künstler und Männer vom Theater sind doch nur introvertierte Weicheier. Finanziell unabhängige Männer denken dagegen

nur an noch mehr Geld. Und gut aussehen tun eigentlich nur Sportstudenten. Aber die haben eben auch nur Sport und Fußball im Kopf.«

»Ich sehe das Dilemma.«

»Irgendwann stumpfst du emotional halt ab. Deswegen gehe ich halt
hin und wieder auf eine Singleparty, um nicht ganz zu vertrocknen. Aber
da geht es nur um Sex. Keine Gefühle.«

»Gut zu wissen.«

»Da triffst du eh fast nur kaputte Typen.«

Fink verschlug es für einen Augenblickdie Sprache.

»Mach ruhig weiter«, sagte er schließlich. »Ich kann heute noch ein paar
Tiefschläge gebrauchen.«

»Ach Torsten. Du weißt doch, wie das gemeint ist.«

Sie funkelte ihn noch einmal mit ihren grünen Augen an.

»Du warst übrigens bislang mein sympathischster Fehltritt.«

»Das hast du jetzt aber schön gesagt.«

»Ich ruf dich an.«

* * *

Er war schon wieder hart geworden. Sie beugte sich langsam über ihn. Er
hatte die Augen geschlossen, um sich nur noch auf sein Gefühl zu konzentrieren. Er liebte ihre nach Rosen duftende Haut und spürte intensiv wie
noch nie zuvor ihre wohlige Wärme und den Schweiß der vergangenen
Minuten. Schon zweimal war sie gekommen. Nun streckte er noch einmal
seine gierigen Hände nach ihren festen Brüsten aus.

Gaby, stöhnte er, du darfst mich nie wieder verlassen.

Irgendwo auf dem Bett klingelte das Telefon.

Mit der Ungeschicktheit seines halben Bewusstseins fingerte er nach
dem Hörer und fasste dabei prompt in die nasse Stelle.

»Fink.«

»Hallo, alter Sportsfreund«, hörte er Knuts brummige Stimme. »Bist
du am Träumen, oder was? Ich versuche schon seit einer halben Stunde,
dich auf dem Handy anzurufen.«

»Das habe ich ausgeschaltet«, antwortete er und sah sich um. Er lag in
seiner Wohnung allein und halb ausgezogen auf dem Bett. Er hatte noch
versucht, Sandra Wechselberger von seinem normalen Telefon anzurufen
und war dann wohl irgendwann eingeschlafen.

»Ich war total fertig. Wie spät ist es?«

»Fünf Uhr vorbei. Hast dich wohl die ganze Nacht in Köln rumgetrieben und Leute befragt, oder?«

»Lass mich in Ruhe, Knut. Hättest du nicht ein paar Minuten später anrufen können. Es war gerade so schön.«

»Ich dachte, es würde dich interessieren, was wir in der Zwischenzeit alles herausgefunden haben.«

»Das schon. Aber gib mir ein paar Minuten. Ich muss mich erst damit abfinden, dass ich ein einsamer und verlassener Mann bin. Außerdem brauche ich ein Handtuch.«

»Ist es so schlimm?«

»Leck mich, Knut. Das war Selbstironie.«

»Pass auf, ich mache dir einen Vorschlag. Falls nichts dazwischen kommt, mache ich in einer guten Stunde Feierabend. Dann fahre ich kurz nach Hause, mache mir was zu essen, und wir treffen uns gegen halb sieben im Stauss zum Billard. Einverstanden?«

»Einverstanden.«

Er legte auf und sah sich um. Über seinem Schreibtisch hing immer noch das Bild von damals, als er sich das Geld für sein Studium verdiente, indem er in den Semesterferien mit einem Lkw gekühlte Schwangerschaftstests aus Irland holte. Ein roter Kühlzug im Hafen von Galway. Die Fotos und die dazu gehörende Reportage hatte er einem Magazin für Fernfahrer angeboten. Sie hatten sie tatsächlich gedruckt. Später noch eine Geschichte über eine andere Spedition, für die er gearbeitet hatte. Plötzlich war er Journalist. Er hätte nicht gedacht, dass es so einfach sein würde.

Und nun?

Auf dem Schreibtisch türmten sich unzählige Briefe und tonnenweise Freiexemplare von europäischen Transportmagazinen. Wann würde er sie jemals lesen? Wer würde sie jemals lesen? Wurden sie überhaupt jemals gelesen?

Auf dem Anrufbeantworter wollte ein Chefredakteur wissen, wann er endlich den Bericht über den wirtschaftlichen Vorteil von Breitreifen auf der Vorderachse von Sattelzügen auf dem Tisch hätte. Der Redaktionsschluss stünde unmittelbar vor der Tür. Außerdem gäbe es noch dringend etwas zu besprechen, was die Unabhängigkeit der Redaktion gegenüber der Nutzfahrzeugindustrie betreffen würde.

Er öffnete die Briefe. Etliche Einladungen zu internationalen Transport- und Logistikmessen. Eine Einladung zur Präsentation des neuen mittelschweren DAF CF in den Ardennen. Diverse Pressemitteilungen der Nutzfahrzeugindustrie. Der neue Scania Topline jetzt mit 580 PS. Die scheibengebremste Achse von BPW jetzt mit einer Laufleistungsgarantie von einer Million Kilometern. Der neue Actros von DaimlerChrysler jetzt mit unifarbenen Sitzen. Der neue Safeliner von Krone jetzt mit noch mehr Schutz für Pkw-Fahrer. Der Autovermieter Hertz jetzt mit extrem günstigen Lkw bis 40 Tonnen Gesamtgewicht. Der Bundespräsident zu Besuch beim Cargolifter. Eine Absage vom Spiegel. Eine Reportage über die Bedeutung des Lkw für die exportorientierte deutsche Wirtschaft würde nicht ins Redaktionskonzept passen. Ein Brief von seiner Mutter. Ob er an Weihnachten zum Essen kommen würde?

Er ging zu seinem Schreibtisch, schaltete den Computer ein und rief die E-Mails ab. Aktuelle Meldungen aus der europäischen Transportwirtschaft. Krise im Alpentransit spitzt sich zu. Deutsche Transportunternehmer verlieren immer mehr an Boden. Verkehrsminister Bodewig kündigt Straßenmaut für Lkw über zwölf Tonnen Gesamtgewicht an. Harmonisierung des Wettbewerbs in Europa weiterhin nicht in Sicht. Weiterer Zuwachs bei den Binnenschiffern. Stagnation beim Kombinierten Verkehr. Eine Pressemeldung vom Bundesverband Güterkraftverkehr und Logistik. Der Lkw wird auch in absehbarer Zukunft die tragende Säule der exportorientierten deutschen Wirtschaft bleiben.

Ein Chefredakteur wollte dringend wissen, was er sich bei der Sache mit DAF eigentlich gedacht hätte.

Er überlegte kurz, ob er darauf antworten sollte. Dann entschied er sich dagegen, machte den Computer wieder aus, warf die Pressemitteilungen ins Altpapier, schaltete sein Handy auf Sitzung und verließ die Wohnung.

Er brauchte ein Kölsch.

* * *

Das Stauss war um diese Zeit noch leer. Nur Marita saß teilnahmslos neben Burkhard am Kopfende der Theke. Burkhard las gelangweilt in der Schnellen Rheinzeitung. Kai stand hinter dem Tresen und verteilte nebenbei Handzettel für seinen neuen Film.

Fink setzte sich neben Burkhard und bestellte zwei Kölsch.

»Hallo Burkhard. Du bist heute aber früh hier?«

»Tach Torsten. Ich habe heute ausnahmsweise mal früher Feierabend gemacht. Ich muss morgen früh zu einem Termin nach Walldorf. Wir kriegen demnächst eine neue Software.«

»Verstehe.«

»Und? Wieder was über Dosen geschrieben?«

»Nein. Im Moment schreibe ich gar nichts mehr. Es steht mir bis hier.«

»Jetzt erst?«

»Das frage ich mich auch manchmal.«

Burkhard zeigte auf die Meldung in seiner Zeitung.

»Ist das der Fall, an dem Knut gerade arbeitet?«

»Ja. Das war übrigens ein alter Freund von mir. Andreas Hubert. Der ist ermordet wurden.«

»Ach was. Davon steht hier aber nichts.«

»Das stand zu dem Zeitpunkt auch noch nicht fest.«

»Ach so.«

»Andreas wollte in Köln ein neues Theater aufmachen. Das Theater an der Ulrepforte.«

»Noch so ein Kellertheater?«

»Nein. Ebenerdig. Mit 200 Plätzen und einem schönen Bistro.«

»Ach so.«

»In der alten Postfiliale im Kartäuserwall.«

»Die kenne ich. Ist die jetzt auch schon geschlossen?«

»Ja.«

»Wusste ich noch gar nicht. Wird für die Post wohl das beste sein, möglichst viele Leute zu entlassen, die Filialen großräumig in der Stadt zu konzentrieren und die Immobilien günstig zu veräußern.«

»Andreas hat die Filiale mietfrei für zehn Jahre bekommen. Für eine symbolische Mark.«

»Da ist bestimmt ein Haken dran. Ich schätze mal alte Umweltlasten im Boden.«

»Er hätte halt den Umbau selber finanzieren müssen.«

»Dachte ich mir.«

»Immerhin hatte er von einem Sponsor 50000 Mark bekommen und von der Kölner Sparkasse einen Kredit über eine Million Mark.«

»Das ist nicht viel.«

»Bitte?«

»Das ist nicht viel. Damit kannst du kaum ein Theater finanzieren.«

»Verstehe ich nicht.«

Burkhard nahm sich einen Bierdeckel, zückte seinen Kugelschreiber und notierte sich ein paar Zahlen.

»Finanziell ist das Selbstmord.«

»Das musst du mir erklären.«

»Ich kenne jetzt natürlich nicht die Fakten. Aber ich schätze mal, dass die Million alleine für den Umbau drauf geht. Wenn das mal reicht. Aber das glaube ich nicht.«

»Das kann ich nicht beurteilen.«

»Aber ich. Was ist mit der Technik?«

»Die hätte er leihweise umsonst bekommen, hat mir Andreas mal erzählt. Es gibt da wohl so einen städtischen Pool. Indirekte Mittel.«

»Ach so.«

Burkhard machte einen Strich auf dem Bierdeckel.

»Was ist mit der Bestuhlung?«

»Die hätte er auch umsonst bekommen.«

»Noch so ein Topf?«

»Ich glaube schon.«

Wieder ein Strich.

»Er wollte so schnell wie möglich einen Förderverein ins Leben rufen und dann die Stühle einzeln wieder an namentlich auf der Rückenlehne genannte Paten verkaufen. Dadurch wäre in kürzester Zeit ausreichend Bargeld in die Kasse gekommen.«

Burkhard schaute ihn verwundert an.

»Was ist denn das für eine Nummer?«

»Das musst du mich nicht fragen.«

»Was ist mit dem Bühnenbild? Requisiten? Nebenkosten wie Strom, Wasser, Personal? Zinsen und Tilgungsraten für den Kredit? Vielleicht auch noch Tantiemen für das Stück?«

»Keine Ahnung.«

»Werbekosten?«

»Er hatte jede Menge Poster und Handzettel drucken lassen.«

»Das dürfte die geringste Kostenstelle sein. Gagen?«

»Wofür?«

»Die Schauspieler.«

»Ach so, die kriegen auch noch Geld? Die bekommen doch schon den ganzen Beifall.«

»Sollte man doch annehmen, oder? Dazu sicherlich Abgaben an die Künstlersozialkasse. Wir sind immerhin in Deutschland.«

»Er wollte später Schauspielkurse anbieten. Da müssen die Leute dann bezahlen, wenn sie auf der Bühne stehen wollen.«

»Na das hört sich doch gut an.«

Burkhard schrieb weiter auf den Deckel.

»Kartenpreise?«, fragte er dann.

»28 Mark«, sagte Marita plötzlich. »Das weiß ich ganz genau. Ich kann mir das nämlich nicht leisten.«

»Seit wann gehst du denn ins Theater?«, fragte Burkhard.

»Gehe ich ja gar nicht. Das ist viel zu teuer für das, was man da geboten bekommt. Dafür gehe ich lieber zweimal ins Kino.«

»Da gebe ich dir Recht«, antwortete Burckhard. »Wir haben übrigens die Studentenermäßigung vergessen. Und bestimmt gibt es auch in Köln irgendwelche Besucherorganisationen, die jede Menge Karten zu Schleuderpreisen abnehmen.«

»Das hört sich ja nicht so gut an.«

»Das mit den Gagen kann man natürlich lösen. Ein beliebter Trick ist zum Beispiel, für jede einzelne Produktion eine ganz einfache Gesellschaft bürgerlichen Rechts zu gründen und die Schauspieler und den Regisseur an Gewinn und Verlust zu beteiligen. Dann fällt auch keine Künstlersozialkasse an.«

»Geht so was?«

»Warum nicht? Wenn die Schauspieler so dumm sind, das mitzumachen.«

»Für den Techniker hätte es wohl eine ABM-Stelle gegeben.«

»Na das ist doch mal ein echtes Einsparpotenzial.«

»Komm. So schlecht ist das Konzept nicht. Er wollte morgens auch noch Kindertheater machen.«

»Ich nehme nicht an, dass Kinder viel Eintritt bezahlen.«

»Aber damit wäre er wahrscheinlich an irgendwelche Fördertöpfe gekommen. Und an den spielfreien Tagen seiner Hausproduktion wollte er externe Gastspielgruppen und bekannte Kabarettisten einladen. Das letzte war übrigens meine Idee.«

»Spielen die nicht in der Comedia und im Senftöpfchen? Dort, wo du 14 Mark für eine Flasche Wasser bezahlen musst?«

»Falls dir das noch nicht aufgefallen ist: Die Kabarettisten vermehren sich zur Zeit wie die Kaninchen, weil sich langjährige Gruppen wie das

Dreifaltigkeitskabarett auflösen und jetzt alle Ensemblemitglieder Soloprogramme anbieten. Die kommen doch in Köln kaum mehr irgendwo unter. Und von den Einnahmen an der Abendkasse hätte Andreas immerhin 40 Prozent bekommen. Nach Abzug der Reise- und Werbekosten und Gebühren für die GEMA.«

Burkard schrieb unentwegt weiter Zahlen auf seinen Deckel.

»Er hat sogar überlegt, das Theater nachts zu nutzen.«

Burkhard blickte auf.

»Sicher sehr effizient.«

»Nein wirklich. Er hat mir mal von so einer Show beim Theaterfestival in Edinburgh erzählt. Sechs Schauspieler aus Kanada, die keine Zimmer mehr bekommen hatten. Also stellten sie einfach sechs Betten auf die Bühne, legten sich rein und machten daraus einen Einakter. Sie meldeten den Auftritt offiziell im Festivalprogramm an und verkauften reduzierte Karten. Sechs Stunden Schlaf. Ein einprägsamer Titel. Die wenigen Zuschauer, die durchhielten, waren etwas verwirrt, die lokale Presse war begeistert. Sehr naturalistisch, haben sie wohl geschrieben. Besonders die Schauspieler. Andreas wollte sich auch hier etwas einfallen lassen. Vielleicht als Beitrag zur langen Theaternacht.«

»Lange was?«

»Lange Theaternacht. Es gibt einen Tag im Jahr, da bieten die Theater in Köln die ganze Nacht lang Theater.«

»Mir dauern die meisten Aufführungen jetzt schon zu lang. Aber das ist sicher ausbaufähig. Man könnte ja die Obdachlosen aufnehmen, die demnächst im Hauptbahnhof keine Bleibe mehr finden. Da wäre bestimmt was los auf der Bühne. Und allein der Getränkeumsatz würde das Personal für die Nachtkasse finanzieren.«

»Burkhard, ich wusste gar nicht, dass du ein verkappter Zyniker bist.«

»Ich bin Realist. Und Controller.«

Er trank sein halbvolles Kölsch in einem Zug aus.

»Kai. Bring noch mal zwei Kölsch.«

»Und? Wie sieht es aus?«

»Das ist jetzt natürlich nur grob kalkuliert. Aber sagen wir mal so. Unter den günstigsten Bedingungen hätte das Theater an der Ulrepforte an 453 Tagen im Jahr ausverkauft sein müssen.«

Fink zuckte zusammen.

»Mensch Burkhard, macht es dir eigentlich Spaß, mit nackten Zahlen hoffnungsfrohe Menschen so aus ihren Träumen zu reißen?«

»Dafür werde ich bezahlt«, sagte Burkhard ungerührt. »Ach übrigens. Kennst du eigentlich den Unterschied zwischen einem Controller und einem Terroristen?«

»Bis jetzt noch nicht. Aber du wirst es mir sicher sagen.«

»Ein Terrorist hat Sympathisanten.«

»Na klasse. Du hattest schon bessere Witze.«

»Hallo Jungs«, hörte er plötzlich Knuts Stimme hinter sich. »Was rechnet ihr denn da Schönes aus?«

»Die Rentabilität eines Theaters«, antwortete Burkhard. »Diesem Theater an der Ulrepforte hätte ich maximal ein Jahr gegeben, dann wäre die dünne finanzielle Decke eingebrochen.«

»Das ist ja interessant«, sagte Knut und griff sich den Deckel. »Kann ich den haben? Denn das entspricht in etwa dem, was ich heute morgen auf dem Kulturamt gehört habe.«

* * *

»Dein Freund hat sich im Laufe der letzten Jahre wirklich ein paar Feinde gemacht«, sagte Knut.

Sie saßen in der hintersten Ecke im Stauss.

Knut zog sein Notizbuch aus der Tasche.

»Wir haben einige der Akten ausgewertet. Das war ganz schön aufschlussreich.«

Fink musste schlucken.

»Wisst ihr etwa schon, wer es war?«

Knut schüttelte den Kopf.

»So schnell sind wir auch wieder nicht.«

»Komm, spann mich nicht länger auf die Folter.«

Knut nahm noch ein Zug aus seinem Flens.

»Ich war zuerst mit einem Kollegen vom Betrugsdezernat im Bauamt. Das war ein Volltreffer. Das haben wir tatsächlich dir zu verdanken. Wir werden daher mal offiziell übersehen, dass du nachts in seiner Wohnung warst. Der Sachbearbeiter war ganz schnell ganz kleinlaut.«

»Und? Hat er gestanden?«

»Was?«

»Den Mord an Andreas.«

»Ach Torsten. Das dir auch gleich immer die Pferde durchgehen müssen. Du hast doch selbst gesagt, dass derjenige, der die Unterlagen über die alte Holzbrücke am Ostasiatischen Museum zurückgelassen hat, wohl kaum etwas mit dem Mord zu tun haben dürfte.«

»Stimmt. Das hatte ich vergessen.«

»Außerdem hatte er ein wasserdichtes Alibi. Er hat an diesem Abend mit seiner Frau und einem befreundeten Ehepaar ein Video gesehen. Die Brücke.«

»Sehr lustig, Knut.«

»Es reicht aber auch so, um ihn aus dem Verkehr zu ziehen. Der Mann war schnell geständig. Der hat doch glatt zusammen mit einem Handwerker sechs Mal die Balken an der Brücke austauschen lassen. Zum Schluss nur noch auf dem Papier. Die Kosten haben sie sich geteilt. Sehr bezeichnend, dass das keinem aufgefallen ist.«

»Der Mann ist also aus dem Rennen?«

»Sozusagen ja. Aber wir sind da auf ein paar andere höchst merkwürdige Zusammenhänge gestoßen. Das wird wahrscheinlich noch etwas dauern, bis das alles ausgewertet ist. Ich darf da jetzt noch nichts drüber sagen. Aber dann wird das gewaltig zum Himmel stinken, und ein paar Leute in Köln werden sich ganz schön warm anziehen müssen.«

»Wen habt ihr sonst noch überprüft?«

»Nun, dieser Perry scheidet aus.«

»Hätte mich auch gewundert.«

»Die Auswertung der Fingerabdrücke in der Wohnung hat auch nichts ergeben.«

»Schade.«

»Und ein Phantombild des Einbrechers brauchen wir ja wohl nicht anzufertigen.«

»Wohl kaum.«

»Was macht eigentlich der Hals?«

»Besser.«

»Bis du sicher, dass es ein Mann war?«

»Wie kommst du darauf?«

»Nun ja, wir haben uns schon gefragt, warum sich jemand die Mühe macht, sich so eine komische Maske über den Kopf zu stülpen.«

»Und?«

»Der oder diejenige hatte noch nicht das gefunden, wonach er oder sie in den Unterlagen gesucht hat, als du unerwartet in die Wohnung gekommen bist. Also musste er oder sie sicher sein, dass du ihn oder sie nicht erkennen würdest, obwohl du kurzzeitig aus dem Verkehr warst.«

»Das klingt kompliziert.«

»Überhaupt nicht. Ich versuche nur, Zusammenhänge und ein mögliches Motiv zu finden.«

»Das ist mir klar.«

»In den Unterlagen fehlten unter anderem sämtliche Verträge mit den Schauspielern.«

»Das ist ja interessant.«

»Vielleicht gab es ja gar keine.«

»Doch. Wir haben einen der Schauspieler ausfindig gemacht.«

»Und?«, fragte Fink.

»Andreas Hubert hat mit den Schauspielern und dem Regisseur für die Produktion von Ausverkauft eine so genannte Gesellschaft bürgerlichen Rechts gegründet.«

»Das hat Burkhard eben auch schon vermutet. Und was bedeutet das?«

»Theoretisch bedeutet das, dass alle viel Geld verdient hätten, wenn das Stück tatsächlich immer ausverkauft gewesen wäre.«

Knut zeigte auf den Deckel.

»An 453 Tagen im Jahr.«

»Wer macht denn so was?«

»Entweder jemand, der keine Ahnung hat, oder ein Schlitzohr.«

»Ich meine, als Schauspieler?«

»Im Kulturamt heißt es, es gäbe in Köln genügend junge Schauspieler und Schauspielerinnen, die sich auf alles einlassen würden, nur um auf der Bühne zu stehen.«

»Das wirft ja ein trauriges Bild auf die Szene.«

»Die meisten von ihnen hoffen, irgendwann vom Fernsehen entdeckt zu werden. Wusstest du eigentlich, dass RTL eine Zeit lang die Freien Kölner Theater unterstützt hat?«

»Das ist doch toll«, sagte Fink.

»Sie wollten sich nur die Brutstätte für ihren Nachwuchs warm halten, hat man mir glaubhaft versichert. Diese Daily Soaps verschleißen eine Menge Personal.«

»Interessant.«

»Ich bin mir ziemlich sicher, es geht bei dieser Theatersache um Geld, Torsten. Wie im richtigen Leben.«

»Das kann ich mir nicht vorstellen.«

»Ich schon. Bei Mord geht es immer um Geld. Oder um Eifersucht. Vielleicht war ja bei Hubert beides im Spiel? Es gab da wohl einige Frauen, die er schamlos ausgenutzt hat. Weißt du, was sich inoffiziell hinter dem Kürzel AOL verbirgt? Abhängig ohne Lohn.«

»Ich weiß. Sandra Wechselberger hat mir das gesagt.«

»Ach. Du hast sie getroffen?«

»Ja. Heute morgen. Bei den Proben im Loft. Sie war ziemlich sauer.«

»Das ist uns auch schon zu Ohren gekommen. Leider ist sie zurzeit unauffindbar. Hast du gesehen, ob sie Lippenstift benutzt?«

»Da habe ich jetzt wirklich nicht drauf geachtet, Knut.«

»Du guckst dir doch sonst die Frauen immer so genau an, Torsten.«

»Die ist nicht mein Typ. Zu männlich.«

»Was sagst du da?«

»Na ja. Die ist ziemlich groß und burschikos. Und frech. Und wohl leicht überdreht. Das war jedenfalls mein Eindruck.«

»Ein Kollege von ihr hat mir gesagt, dass sie möglicherweise ein Verhältnis mit Andreas Hubert hatte. Und der wiederum soll kein Kostverächter gewesen sein. Vielleicht ist es ja doch eine Eifersuchtsgeschichte? Aber das sind bislang alles nur Gerüchte.«

»Aber ich habe das alles nicht gewusst.«

»Du scheinst überhaupt nicht viel über deinen Freund gewusst zu haben.«

»So genau wollte ich manches auch nicht wissen.«

»Wir haben übrigens doch schon, dank unseres unermüdlichen Pathologen, heute Abend die Ergebnisse aus der Gerichtsmedizin bekommen. Andreas Hubert hatte 1,6 Promille im Blut. Der muss sich an dem Abend ganz schön zugeschüttet haben.«

»Was heißt das?«

»Das er höchst wahrscheinlich große Probleme hatte. Mit sich selbst und vermutlich mit seinem Gleichgewicht.«

»Das glaube ich nicht.«

»Stimmt aber. Es könnte also wirklich ein Unfall gewesen sein. Oder jemand hat ihn tatsächlich von der Kaimauer gestoßen. Dazu benötigte es dann allerdings nicht mehr viel Kraft.«

»Was willst du damit sagen?«

»Es könnte auch eine Frau gewesen sein.«

»Oh Scheiße.«

»Was?«

»Nichts. Ich bin entsetzt.«

»Das kann ich mir vorstellen.«

Unvermittelt musste er an Gaby denken.

In der Nähe seines Herzens begann es plötzlich zu vibrieren. Er wartete einen Augenblick, dann zog er sein Handy aus der Brusttasche.

»Ja, Fink?«

»Gaby hier. Gaby Lange von der Schnellen Rheinzeitung.«

Er hatte Mühe, seine Freude zu unterdrücken. Knut beobachtete ihn.

»Ja. Hallo. Was gibt es?«

»Störe ich?«

Was sollte er jetzt nur antworten?

»Ja«, flüsterte er schweren Herzens.

»Dann mache ich es kurz. Ich habe mit meiner Kontaktperson gesprochen. Sie ist bereit, dich zu treffen. Heute Abend um zehn Uhr im Rheinauhafen. Bei Slahbohm & Mertens. Das ist wohl die Stelle, wo Andreas umgekommen ist. Aber nur allein. Keine Polizei.«

Er atmete unmerklich tief durch. Dann lächelte er Knut unverbindlich an.

»Ja. Das lässt sich einrichten.«

»Mehr hast du nicht zu sagen?«

»Ich werde natürlich so schnell wie möglich versuchen, die Reportage zu schreiben. Ich stehe im Augenblick etwas unter Druck.«

»Ach so. Na dann will ich nicht weiter stören. Schade eigentlich. Wir können ja morgen noch mal telefonieren. Vielleicht weiß ich dann ja auch was Konkretes über Sandra. Ich habe da nämlich schon was läuten hören.«

»Das ist interessant. Und ich werde mich bemühen, morgen fertig zu sein. Einen schönen Abend noch.«

Er unterbrach die Verbindung.

Knut schrieb etwas in sein Notizbuch.

»Ein Chefredakteur von mir«, lenkte Fink ab. »Der wartet immer noch auf meine Reportage über die Wirtschaftlichkeit von Breitreifen auf der Vorderachse von Sattelzügen.«

»Um diese Zeit?«

»Es ist bald Redaktionsschluss. Da liegen die Nerven blank.«

»Verstehe.«

»Komm, Knut. Am Tisch ist nicht viel los. Lass uns Billard spielen. Dann können wir uns noch weiter unterhalten.«

Knut blickte ihn für einen Moment schweigend an. Dann zog er sein Handy aus dem Jackett.

»Trag mich schon mal auf der Tafel ein, Torsten. Ich muss auch noch mal kurz telefonieren.«

* * *

Die frische Luft tat gut. Aber es hatte angefangen zu nieseln.

Fink schloss sein Fahrrad an den Zaun neben dem Bayenturm und blickte sich noch einmal um. Bis hierhin war ihm niemand gefolgt.

Die kleine Gittertür in der Nähe des Bayenturm war tatsächlich offen.

Ein zarter Nebel lag über dem Rheinauhafen. Vorsichtig ging er über die stillgelegten Gleise. Links zeichneten sich gespenstisch die Laster vor dem Lagerschuppen ab. Rechts erkannte er das Haus von Slahbohm & Mertens.

Er lehnte sich vorsichtig an das gelbe Gitter. Schwach leuchtete der Bügel der Kölnarena durch den Dunst. Den grünen Dom konnte er in weiter Entfernung nur noch vage erahnen.

Es fröstelte ihn ein wenig. Vor rund 48 Stunden war Andreas hier von der Kaimauer gestürzt. Jetzt wollte er sich in gut fünf Minuten mit einem Kontaktmann von Gaby treffen. Einen Augenblick lang hatte er befürchtet, dass es eine Falle gewesen sein könnte. Aber das würde Gaby nie machen.

Er hatte noch einmal versucht, sie zu erreichen. Sie hatte das Handy ausgestellt. Wahrscheinlich war sie im Theater.

Knut hatte bestimmt nichts mitbekommen.

Fink hatte mehrfach gegen ihn gewonnen und war dann schließlich nach Hause gegangen. Ich muss morgen früh raus und endlich die

Reportage fertig schreiben, hatte er gesagt. Knut hatte nur genickt. Man sei dem Täter dicht auf der Spur, hatte er noch gesagt.

Vorsichtig schaute er über die Kaimauer. Er konnte kein Schiff erkennen. Träge floss der Rhein vorbei. Nur eine Straßenbahn ratterte laut über die Severinsbrücke.

»Ein schöner Platz, um für die Liebe zum Theater zu sterben«, hörte er plötzlich eine tiefe und markante Stimme hinter sich.

Fink fuhr herum und sah einen mächtigen Schädel hinter sich.

»Keine weitere Beschreibung«, sagte der Mann.

»Okay.«

»Und kein Wort über meine Affinität för uns kölsche Sproch.«

»Versprochen.«

Der Unbekannte kam näher und streckte ihm die Hand entgegen.

»Wer sind sie?«

»Nenn mich einfach Schäng.«

Er nahm die Hand und spürte einen mächtigen Druck.

»Hallo. Halt dich an unsere Abmachung. Nichts mehr über mich, sonst bin ich sofort wieder weg.«

»Sorry. Das ist mir nur gerade so durch den Kopf geschossen. Mein Name ist Fink. Torsten Fink. Gaby hat mich geschickt. Gaby Lange. Die schöne Redakteurin der Schnellen Rheinzeitung.«

»Ich weiß. Sonst wäre ich ja nicht hier. Gute Frau. Manchmal vielleicht ein bisschen zu auffällig gekleidet.«

»Was willst du?«

»Ich dachte, du willst Informationen.«

»Natürlich. Aber das ist schon ein ungewöhnlicher Ort für ein Treffen.«

»Wieso? Ich wohne hier in der Nähe. Außerdem ist das doch ein ganz lauschiges Plätzchen. Man darf nur nicht zu dicht an die Kaimauer gehen. Dann wird es gefährlich. Aber dafür gibt es hier ja überall Geländer.«

Schäng lehnte sich auf das Geländer und blickte schweigend zur Kölnarena. Schließlich nickte er fast unmerklich mit dem Kopf in Richtung Deutz.

»Da wollte er hin.«

»Wer?«

»Andreas Hubert.«

»Woher weißt du das?«

»Das ist kein Geheimnis. Da wollen alle hin. Die haben alle nur ein Ziel. Reich und berühmt werden.«

Fink stellte sich neben ihn und sah ebenfalls auf die Kölnarena. Davon hatte Andreas nie gesprochen.

»Schäng?«

»Ja?«

»Ich versuche vergeblich, hinter die Geheimnisse der Kölner Kulturpolitik zu kommen.«

»Hahaha. Noch einer. Hört das denn nie auf?«

»Warum hat mir Gaby gerade dich geschickt?«

»Ich habe das Spiel viele Jahre mitgespielt. Dann hatte ich die Nase voll.«

»Und jetzt?«

»Jetzt mache ich Liederabende.«

»Das hast aber jetzt du gesagt.«

»Das verstehen sowieso nur die Eingeweihten.«

»Verstehe.«

»Ich habe viele Jahre lang versucht, Kulturarbeit zu machen. Das hat mich aufgerieben.«

»Warum?«

»Es gibt kein Geld. Um Kultur zu machen brauchst du Geld. Viel Geld sogar, sonst kannst du es gleich vergessen. Aber ich hatte nie viel Geld zur Verfügung, und das ist frustrierend.«

»Das kann ich mir vorstellen.«

»Also fängst du irgendwann an, nur noch zu improvisieren. Hier ein paar Mark aus dem Feuerwehrfond, dort ein paar Löcher gestopft. Du glaubst gar nicht, wie beliebt du plötzlich bist, nur weil du Geld zu verteilen hast.«

»Das muss doch ein schönes Gefühl sein?«

»Ein Scheißgefühl ist das. Alle schleichen sich ständig um dich rum und reden dir nach dem Maul. Anderen wiederum musst du ins Gesicht sagen, dass sie schlecht sind, obwohl sie sich Mühe geben. Andere sind schlecht, geben sich noch nicht mal Mühe und kriegen trotzdem Geld. Das sind die ganz Schlauen. Die haben rechtzeitig gute Kontakte geknüpft.«

»Klüngel.«

»Du sagst es, mein Freund. Das Metier scheint dir also doch nicht ganz so fremd zu sein.«

»Ich habe bereits ein wenig recherchiert.«

»Ich weiß. Das spricht sich schnell rum. Köln ist eine geschwätzige Stadt.«

»Was ist mit Andreas passiert?«

»Das musst du doch am besten wissen.«

»Nein. Ich blicke überhaupt nicht mehr durch.«

»Andreas wollte sie alle herausfordern. Die Stadt. Das Kulturamt. Die Stiftung Kölner Kultur. Die Kölner Sparkasse. Die Theaterkonferenz. Ich selber habe ein gutes Wort für ihn eingelegt und meine Beziehungen spielen lassen. Er hat schöne Konzepte präsentiert, auf die alle reingefallen sind. Besonders die neue Theaterjury. Die Stadt freut sich natürlich, wenn jemand kommt und für wenig städtisches Geld ein neues Theater ins Leben ruft. Vor allem ein ebenerdiges mit 200 Plätzen. Wir haben schon viel zu viele Kellertheater in Köln.«

»Das habe ich heute schon mal gehört.«

»Siehst du. Wagen statt klagen hat er gesagt. So was kommt bei unserer Kulturdezernentin gut an. Hauptsache, sie muss von dem wenigen Geld aus ihrem mickrigen Haushalt nicht noch was für Freie Theater bezahlen. Dafür reisen dann zwei Mitarbeiter der städtischen Bühnen drei Tage lang nach Paris, um die passenden Schnürsenkel für ein Kostüm aus der Zeit der französischen Revolution zu finden. Von dem Geld hätte man ein kleines Theater ganz gut subventionieren können.«

»Aber eine Frau kann doch nicht so hartherzig sein.«

»Sie ist machtlos. Aber sie kämpft nicht um den Ruf dieser Stadt. Weißt du, Torsten, jenseits dieses ziemlichen langen Flusses nimmt doch schon jetzt keiner Köln mehr ernst. Wir sind kulturell in die zweite Liga abgestiegen. Wie demnächst der FC.«

»Das befürchte ich auch.«

»Es hat lange gut funktioniert. Jeder hat gewusst, dass die Förderung nur mit der Gießkanne ging. Und wer lange genug gebettelt und seine Anträge anständig frisiert hat und dazu auch noch nett zum Theaterbeirat war, der hat auch etwas bekommen. Dann kam hin und wieder der eine oder andere Sponsor dazu und hat einen kleinen Beutel mit Sterntalern aufgemacht. Alle waren glücklich und zufrieden. Oder sagen wir mal fast alle.«

»Und warum jetzt nicht mehr?«

»Neid und Missgunst, Torsten. Wie im richtigen Leben. Auflösung der Solidargemeinschaft. Eine Gruppe von Theaterleitern meinte halt, sie müssten viel mehr Geld aus dem Topf für ihre Häuser bekommen, als die anderen, nur weil sie größer sind. Dann hat die Theaterkonferenz ihre Macht selbst aus der Hand gegeben. Und jetzt wird bald eine unabhängige Theaterjury die Entscheidungen treffen. Mit Leuten aus Düsseldorf und dem Ruhrgebiet.«

»Robert Hobel?«

»Du kennst ihn?«

»Ich habe von ihm gelesen.«

»Das ist ein ganz Schlauer. Glaubt er jedenfalls.«

»Das musst du mir erklären.«

»Robert Hobel war von Andreas' Konzept völlig begeistert und wollte es ganz oben auf die Agenda setzen. Schließlich soll es eine Zäsur in Köln geben, durchgeführt von externen Theaterfachleuten, die sich dem Kölner Beziehungsgeflecht widersetzen werden. Keine Förderung mehr mit der Gießkanne, bei der jeder einen Bruchteil des Minimalen bekommt, sondern die Konzentration der vorhandenen finanziellen Mittel auf wenige Theater. Das nennt man auch Spitzenförderung.«

»Und das Theater an der Ulrepforte sollte dabei sein?«

»So war es schon lange verabredet. Offiziell als förderungswürdiges Beispiel für innovative Ideen.«

»Das war doch spitze für Andreas.«

»Stimmt. Und wer hätte schon groß aufgemuckt, wenn das selbe Jurymitglied ein Jahr später im Theater an der Ulrepforte Regie geführt hätte.«

»Oh.«

»Das hätte bestimmt funktioniert. Auch die manchmal leise aufkommende Kritik, dass ein ehemaliger Stadtdirektor heute für die Kölnarena arbeitet, deren Mietverträge er davor als Amtsinhaber selber ausgehandelt hatte, konnte in Köln bislang keine Konsequenzen erzeugen.«

»Das ist ja unglaublich.«

»Ein paar etablierte Häuser hätten dann natürlich schließen müssen. Und das hätte eine Menge Theater in der Kölner Szene gegeben. Ein richtiges Mordstheater sozusagen. Schon gibt es die ersten bösen offenen Briefe in den Zeitungen. Das war natürlich nicht so gut für das Projekt von deinem Freund.«

»Das konnte ja auch nicht gut gehen.«

»Ich sehe, dass du die Geheimnisse unserer Stadt doch ein wenig kennst. Sobald das rausgekommen wäre, hätten ein paar Leute in Köln ganz laut aufgeschrien, und dann wäre dieser Spuk ganz schnell vorüber gegangen.«

»Und nun?«

»Ich wette mit dir, dass irgendeine Partei plötzlich doch noch etwas Geld auftreibt und sich plötzlich als Retter der Freien Theater aufspielt. Money ex Machina, sozusagen. Und dann wird alles so sein wie früher, nur dass wir dann eine noch größere Gießkanne für einen noch größeren heißen Stein haben werden. Und die Theaterleiter, die das eingefädelt haben, werden sich sicher zuerst ein Stück vom Kuchen abschneiden.«

»Das ist ja unglaublich.«

»Nein. Das ist Köln.«

Fink überlegte einen Augenblick.

»Dann hätte Andreas im Grunde also doch keine Chance gehabt, Gelder zu bekommen. Weil er ein neues Theater aufmachen wollte.«

»Wahrscheinlich. Er hatte sich etwas zu weit vorgewagt. Allerdings war es ganz putzig, dass er einen Lkw-Hersteller als Sponsor gefunden hatte. Eine völlig neue Variante. Wobei ich nicht glaube, dass Theater und Transport zusammenpassen.«

»Das sage ich auch immer.«

»Andreas war auf einem gefährlichen Weg gewesen. Er wollte auch noch andere Intendanten und Freie Gruppen davon überzeugen, aus der Theaterkonferenz auszutreten.«

»Welche?«

»Das verrate ich dir besser nicht. Das würde noch mehr Unruhe geben. Jetzt ist er tot. Die alte Postfiliale im Kartäuserwall wird eine alte Postfiliale bleiben. Und wir sollten alle hoffen, dass möglichst schnell möglichst viel Wasser den Rhein runterfließt.«

Schäng drehte sich um.

»Du kennst doch William Shakespeare, Torsten. Viel Lärm um nichts. In ein paar Monaten redet keiner mehr davon. Und ich werde jetzt wieder gehen. Ich habe schon viel zu viel erzählt, obwohl ich natürlich noch viel mehr weiß. Aber nachher rede ich mich noch um Kopf und Kragen.«

»Weißt du, wer Andreas umgebracht hat?«

»Das ist eine böse Sache. Eine sehr böse Sache sogar. Aber ehrlich gesagt, nein. Ich weiß es nicht. Ich vermute den Mörder, wenn es überhaupt ein Mord war, eher in seinem persönlichen Umfeld. Höchstens noch eine zickige Schauspielerin. Ich habe gehört, er war bei seinen Methoden, junge Talente zu finden, nicht sehr zimperlich.«

»Also war es kein Theaterleiter, um ihn vielleicht als einen potenziellen Konkurrenten aus dem Weg zu räumen?«

»Ganz ehrlich, Torsten. Die Theaterszene in Köln ist so unspektakulär, da gibt es überhaupt kein Motiv für einen Mord. Und es war schon gar kein Theaterleiter. Die sind so mit sich selbst beschäftigt. Die haben gar keine Zeit, jemanden umzubringen.«

Dienstag

Die Mittagssonne lächelte milde auf den Balkon der kleinen Wohnung am Auerbachplatz. Fink saß mit sich zufrieden vor seinem Notebook und blicke über den Markt. Vor dem Stand mit den Socken und der Unterwäsche drängelten sich bereits die Leute. Auch er würde sich bald warm anziehen müssen, dachte er. Aber er verscheuchte den Gedanken schnell wieder.

Der unwiderstehliche Geruch von Schneppenheims frischen Hähnchen stieg ihm äußerst verlockend in die Nase. Aber für heute widerstand er der Versuchung. Unten hörte er eine Frau laut fluchen. Die Altpapiercontainer waren wieder einmal total überfüllt. Kartons und Zeitungen lagen verstreut um die hässlichen Blechbehälter. Auch die ersten Bäume verloren ihre Blätter. Keine Frage. Der Herbst stand unmittelbar vor der Tür.

Er war früh aufgestanden, hatte einen Waldlauf um den Decksteiner Weiher gemacht und anschließend noch schnell sein Auto in die Werkstatt gebracht, obwohl er dabei den mühsam erkämpften Parkplatz aufgeben musste.

Es war schon ein Kreuz in Sülz. Den Wagen nutzte er deshalb nur, wenn er beruflich außerhalb der Stadt unterwegs war. In Köln kam er mit dem Fahrrad viel schneller voran. Gestern Abend hatte er vom Rheinauhafen bis nach Hause nur knappe zwanzig Minuten benötigt. Auf ein letztes Bier im Stauss hatte er verzichtet. Sonst hätte er möglicherweise Knut noch getroffen und weitere unangenehme Fragen beantworten müssen.

Gaby hatte er telefonisch nicht mehr erreicht.

Er war gut drauf. Er hatte wieder mit Gaby Kontakt aufgenommen. Der Hormonanstieg machte ihn zwar innerlich etwas nervös, hatte aber einen praktischen Nebeneffekt. Das Schreiben ging ihm plötzlich viel leichter von der Hand.

Es würde ein guter Tag werden. Auch die Reparatur der Wasserpumpe sollte nicht so viel kosten, wie er befürchtet hatte.

Im Balthasar hatte er noch schnell einen strammen Max gegessen und mehrfach versucht, Sandra Wechselberger zu erreichen. Doch er hatte immer nur ihren Anrufbeantworter angetroffen.

Sandra Wechselberger

Schauspielerin

Ausgezeichnet mit dem »Puck« der Theatergemeinde Köln

Wenn sie eine geile Rolle für mich haben, dann hinterlassen sie bitte eine Nachricht. Ich bin allzeit bereit und melde mich sofort.

Glatte Lüge.

Er hatte sich zwar nicht durchgerungen, die fällige Reportage über Breitreifen zu schreiben. Aber wenigstens hatte er die ausschweifenden Erzählungen von Manfred Brand in einer kleinen witzigen Story zusammengefasst. Ein wenig Humor in der nüchternen Welt der Nutzfahrzeuge konnte wahrlich nicht schaden.

Er lehnte sich zurück und las seinen Text noch ein letztes Mal durch.

Falscher Junior

Die Produkte der Truck-Styling GmbH aus Hamburg sind bei Fahrern, die ihre Kabine von der Kaffeemaschine über edle Sitzbezüge bis zur Einbauküche etwas aufwerten wollen, heiß begehrt. Das musste jetzt auch der Kölner Transportunternehmer Manfred Brand feststellen. Bundesweit bekannt wurde Brand im vergangenen Jahr durch seinen auffällig lackierten Köln-Truck. Truck-Styling hatte die Kabine des DAF 95 XF 530 für den Brand-Fahrer Karl-Heinz König üppig ausgestattet und machte damit in den bekannten Fahrermagazinen entsprechend Werbung. So weit, so gut. Nun flatterte Manfred Brand Ende März eine Rechnung des besagten Unternehmens über fast 1800 Mark ins Haus. Edle Ablagen im Wurzelholzdesign und Motortunnelabdeckungen aus Leder für den Volvo FH sowie marineblaue Fenstergardinen für die 4-er Serie von Scania waren dort aufgeführt. Auf Anfrage von Brand bei Truck-Styling wurde ihm erklärt, ein gewisser Brand junior hätte die Sachen bestellt und einen Tag später abgeholt. Zwar gestattet Brand seinen Fahrern, sich hin und wieder etwas für die Kabine zu kaufen – doch nur nach vorheriger telefonischer Rücksprache des Verkäufers mit ihm. Das sei laut Manfred Brand in diesem Fall nicht erfolgt. Die Rechnung mit der Unterschrift im Stile eines verwirrten Philosophie-Professors will er deshalb natürlich nicht akzeptieren. Erstens hat er keinen Sohn, und zweitens fährt er nur DAF. Zur Sicherheit hat er sich über die Telefonauskunft die Nummern aller Brand-Speditionen in Deutschland geben lassen und an Truck-Styling weitergeleitet. Vielleicht ist alles ja doch nur ein großes Missverständnis, und der rechtmäßige Empfänger der Ware meldet sich noch. Ansonsten gelten die drei bekannten Weisheiten: Frechheit siegt, Kontrolle ist besser und nicht jeder, der sich Junior nennt, hat eine Spedition zu Hause. (TF)

Ein schöner Schluss, dachte er. Er wählte sich über sein internes Netzwerk in seinen Hauptrechner ein, suchte die E-Mail Adresse heraus und sandte die Datei in die Redaktion. Die Dias lagen noch von der letzten Reportage vor.

Thema erledigt. Geld verdient. Ruhe für heute. Die Breitreifen mussten noch einen Tag warten. Er beantwortete die Mail des anderen Chefredakteurs. Durch einen tragischen Todesfall in seinem Freundeskreis konnte er sich beim besten Willen nicht auf eine größere Geschichte mit intensiven Recherchen konzentrieren.

Seine Gedanken waren schon wieder ganz woanders.

Er blätterte noch einmal durch die Schnelle Rheinzeitung und überflog zum zweiten Mal die Kultur-Kolumne über den Protest der Kölner Theaterkonferenz zur aktuellen Förderung der Freien Theater.

Läutet Akt II ein

Von Gaby Lange

Durch den tragischen Tod von Andreas Hubert, der in vier Wochen sein neues Theater an der Ulrepforte mit der aktuellen Politkomödie »Ausverkauft« eröffnen wollte, wird wohl für die nächste Zukunft der Beweis ausbleiben, dass ein Freies Theater in Köln auch ohne größere öffentliche Förderung auf Dauer überleben kann. Zumindest hatte Hubert den lobenswerten Mut, diesen Schritt zu wagen. Dagegen ähnelt das ständige Klagen der Kölner Freien Theater über das neue Förderkonzept und die von einigen Leitern vermutete Böswilligkeit bei der Vergabe der Gelder derzeit mehr einem Drama von William Shakespeare. Komplett mit Wehklagen, Wut und Sterbegesang.

Dass die Situation der Freien Theaterszene alles andere als rosig ist, ist bedauerlich, aber nicht neu. Und dass der Himmel plötzlich aufreißt und Goldstücke herunterprasseln, ist wohl eher unwahrscheinlich. Also sollte langsam mal der zweite Akt im Theater um die Bühnen-Förderung eingeleitet werden. Titelvorschlag: »Zusammenreißen und irgendwie selbst für Knete sorgen«. Sonst könnte das Trauerspiel gänzlich zur unfreiwilligen Komödie werden.

Schön geschrieben, dachte er.

Gaby war kompetent. Und schön. Und geil. Eine seltene Mischung.

Das Vibrieren seines Handys riss ihn aus seinen Träumen.

»Fink?«

»Hallo. Hier ist Gaby. Ich dachte, ich ruf mal an.«

»Du rufst in der letzten Zeit aber verhältnismäßig häufig an.«

»Störe ich schon wieder?«

»Nein, diesmal nicht. Ich saß gestern abend nur im Stauss mit dem Hauptkommissar von der Kripo Köln zusammen. Und ich wollte nicht, dass er mitbekommt, dass ich mich mitten in der Nacht im Rheinauhafen mit einem Unbekannten treffe.«

»Aha. Du bist übrigens ganz schön mutig. Es hätte ja auch eine Falle sein können. Wie in einem schlechten Krimi.«

»Daran habe ich, ehrlich gesagt, auch kurz gedacht. Aber dann hatte ich volles Vertrauen zu dir.«

»Und? Wie ist es gelaufen?«

»Der Typ ist ja echt klasse. Ich kam mir gestern beinahe vor wie in einem alten Schwarzweiß-Film von Orson Welles.«

»Das werde ich ihm sagen. Darüber freut er sich bestimmt.«

»Und du?«

»Ich habe gleich ein Interview.«

»Lass mich raten? Naddel? Oder Ariane Sommer?«

»Nein. Diese ganzen Society-Weiber werden langsam langweilig. Ich treffe einen sehr netten Journalisten, der verzweifelt den Mörder seines Freundes sucht.«

»Was?«

»Torsten. Ich habe mit meinem Chef gesprochen. Der findet die ganze Story so abstrus, dass er die unbedingt im Blatt haben will. Theater und Transport. Der war völlig weg. Das gibt es doch gar nicht, hat er gesagt. Das ist so abwegig, das muss in die Schnelle Rheinzeitung.«

»Moment mal. Du meinst doch wohl nicht ...?«

»Doch. Ich soll dich interviewen. Am Rande kann ich dir dann auch sagen, was die TV-Pläne von Sandra Wechselberger machen.«

»Oh Scheiße. Ich fürchte, die ganze Situation wächst mir langsam über den Kopf.«

»Jetzt darfst du nicht kneifen, Torsten.«

»Na gut. Wenn es unbedingt sein muss. Wo?«

»Kennst du das Nudelbistro neben Gonski?«

»Ja.«

»Um zwei?«

Er blickte auf die Uhr. Es war fünf nach zwölf.

»Okay. Du hast mich überredet.«

»Und Torsten.«

»Ja.«

»Ich freue mich.«

* * *

Gaby sah bezaubernd aus. Ein rotes Sweatshirt unter einem leichten schwarzen Blazer. Sie saß in der hintersten Ecke und las im Stern. Als er ins Bistro kam, winke sie sofort zu ihm herüber.

»Hallo Torsten. Es ist richtig toll, dass du Zeit gefunden hast.«

Vor ihr auf dem Tisch lag ein Notizbuch. Daneben ein Diktiergerät.

»Ich bin deinetwegen gekommen, Gaby. Nicht wegen der Schnellen Rheinzeitung.«

»Das sagen sie alle.«

Sie lächelte ihn an.

»Hast du schon was gegessen?«

»Nur einen strammen Max heute morgen. Aber ein paar Nudeln täten gut. Ich habe nämlich heute schon eine Geschichte geschrieben. Über den Köln-Truck.«

»Den kenne ich nicht.«

»Das ist der Lkw mit dem vereisten Panorama von Köln. Der war sogar mal groß in der Schnellen Rheinzeitung abgebildet.«

»Das muss ich wohl übersehen haben. Und? Kann man das auch mal irgendwo lesen, was du so schreibst?«

»Ich gebe dir gerne mal ein Belegexemplar, wenn es gedruckt ist. Aber ich kann dir auch eine andere Zeitung geben. Ich schreibe nämlich eh immer nur dasselbe.«

»Haha. Das sage ich auch immer.«

»Was?«

»Dass ich immer dasselbe schreibe. Über die Inszenierungen der Kölner Theater. Aber das meine ich natürlich nicht ernst.«

»Ich schon. Das ist das Bausteinprinzip. Hier ein Absatz aus einer alten Reportage, dort einer.«

»Und das fällt keinem auf?«

»Nein. Wahrscheinlich wird es noch nicht mal gelesen.«

»Das muss doch frustrierend sein.«

»Ist es auch. Deswegen ja auch meine Verbindung zu Andreas. Sein Theater hat mir die Möglichkeit gegeben, aus dem Alltagstrott auszubrechen.«

»Moment. Das ist gut.«

Sie zückte ihren Kugelschreiber, notierte seinen Satz und schaltete das Diktiergerät ein.

»Ich muss gleich noch unserem Fotografen Bescheid sagen. Wir brauchen natürlich noch ein schönes Foto von dir.«

Er griff in seine Jackentasche.

»Das kannst du dir sparen. Ich habe dir ein Bild von mir mitgebracht. Vor dem Köln Truck. Bei einer Veranstaltung in Frechen. Schließlich bin ich ja auch Journalist. Ich habe damit gerechnet.«

Er schob ihr das Bild rüber.

»Das ist übrigens ein DAF.«

»Der ist aber kantig.«

»Wer?«

»Na dieser DAF.«

»Trotzdem hat er einen guten cW-Wert.«

»Einen was?«

»cW-Wert. Der Wert für den Luftwiderstand. Auch davon hängt unter anderem der Dieselverbrauch eines Lkw ab. Und von den Reifen. Je nachdem, ob du normale oder Breitreifen nimmst. Und der cW-Wert ist bei einem DAF sehr gut. Der braucht nur rund 30 Liter auf hundert Kilometer.«

»Das ist aber viel.«

»Das ist wenig. Denn ein DAF ist zwar kantig, aber auch windschlüpfrig. Auch wenn man das auf den ersten Blick gar nicht denkt.«

»Das hätte ich jetzt nicht gedacht.«

»Ist ja auch eine ganz andere Welt als das Theater.«

»Genau. Das wollte ich nämlich wissen. Wie hat das funktioniert zwischen euch? Zwei so unterschiedliche Freunde. Der eine macht Theater, der andere schreibt über Transport. Das kann ich mir irgendwie gar nicht vorstellen.«

»Wir hatten eines gemeinsam.«

»Was?«

»Frauen.«

Sie lächelte ihn kurz spitzbübisch an.

»Du Schlingel.«

»Nein wirklich. Das war klasse. Schon an der Uni, wo wir uns kennen gelernt haben. All die vielen jungen und hübschen Studentinnen. Die waren so leicht zu beeindrucken. Wir sind zum Schluss immer als Team aufgetreten. Da ist uns natürlich nie der Gesprächsstoff ausgegangen. Andreas erzählte über das aussageorientierte Schauspielercasting eines Regisseurs und ich über die verschleißfreie Bremsverzögerung eines integrierten Retarders.«

»Eines was?«

»Retarder. Nie davon gehört? Damit können Lkw bremsen, ohne die Betriebsbremse zu benutzen. Das geht elektromagnetisch über die Antriebswelle.«

»Echt?«

»Echt. Meistens haben die Frauen aber ihm zugehört.«

»Das kann ich mir vorstellen.«

»Also, Gaby. Was willst du wissen?«

»Nun ja. Es geht natürlich um diesen tragischen Tod von Andreas. Was macht dich so sicher, dass er ermordet wurde? Es könnte doch auch ein Unfall gewesen sein. Davon geht jedenfalls die Polizei aus. Ich habe bei uns in der Lokalredaktion nachgefragt.«

»Die sagen bestimmt auch nicht alles, was sie wissen. Na ja. Ich habe mittlerweile ein wenig recherchiert. Ich denke einfach, er hat sich in der Freien Theaterszene Kölns viele Feinde gemacht, weil er ein neues Theater gründen wollte, das die neue Theaterjury sofort zur Förderung vorgeschlagen hätte. Außerdem wollte er beweisen, dass man mit einem guten Programm einen großen Teil der laufenden Kosten selbst finanzieren kann. Wenn das funktioniert hätte, dann hätten die anderen doch ziemlich dumm dagestanden, oder?«

»Das stimmt.«

»Deine Kolumne war übrigens ganz schön hart. Aber ehrlich. Ich glaube nicht, dass sich die Schnelle Rheinzeitung damit bei den Theatern beliebt gemacht hat.«

»Wir sind objektiv, Torsten. Und unabhängig. Die unabhängige und schnelle Zeitung vom Rhein. Das weißt du doch. Und das wissen die Theaterleiter in Köln.«

»Da habt ihr es gut. Wenn ich zum Beispiel in einem Fachmagazin etwas Kritisches über einen Lkw-Hersteller schreiben würde, dann würden einige sofort drohen, die Anzeigen zu stoppen. Denn davon leben die Fachmagazine.«

»Und was kann man da Kritisches schreiben?«

»Ständige Motorschäden oder mangelhafte Elektronik, zum Beispiel.«

»Aber wenn du nicht die Wahrheit schreiben darfst, wer liest das dann?«

»Das ist es ja. Keiner. Und deshalb schreibe ich immer dasselbe.«

»Ach so ist das. Das ist ja unglaublich.«

»Ist es auch. Eigentlich geht es nur ums Geld. Man verdient ganz gut dabei.«

»Und wenn das rauskommt?«

»Dann bin ich weg vom Fenster.«

»Ganz schön riskant, was du da sagst.«

»Das kann sein. Aber das wiederum lesen ja nicht die Leute, die es betrifft. Die lesen nur Fachliteratur.«

»Aber da steht doch immer dasselbe drin.«

»Eben. Es ist ein Teufelskreis. Wahrscheinlich wie mit der Förderung der Freien Theater. Das Thema kreist doch auch seit Jahren um sich selbst.«

»Stimmt. Und es gibt immer weniger Geld.«

»Es ist eine Schande für eine Stadt wie Köln.«

»Da sagst du was.«

»Und trotzdem wollen so viele junge Frauen Theater spielen. Obwohl sie kaum Geld dafür bekommen.«

»Woher weißt du das denn?«

»Das hat mir Andreas mal gesagt.«

»Ich denke, die Kinder der letzten Generationen sind von ihren Eltern so erzogen worden, dass sie sich nur selbst verwirklichen wollen. Keiner will doch mehr was Handwerkliches machen. Nur Kunst, Medienwissenschaften oder Internetgestaltung. Das ist auf Dauer gar nicht gut für unsere Gesellschaft.«

»Und Lkw-Fahrer.«

»Wie bitte?«

»Lkw-Fahrer. Das will auch keiner mehr werden. Deswegen werden in ein paar Jahren die Autobahnen nur noch mit Pkw verstopft sein. Wir müssen dann allerdings verhungern.«

»Verstehe ich nicht.«

»Weil dann keiner mehr den Schinken aus Parma, die Nudeln aus Verona oder die Trauben aus Bari holt. Schon gar nicht die Bahn. Die meisten Waggons gehen unterwegs in den Alpen verloren. Dann gibt es in Köln nur noch Kohl aus der Eifel und Milch aus Ehrenfeld.«

»Das ist ja schrecklich.«

»Genau. Da sollte man gar nicht drüber nachdenken.«

»Warum schreibst du denn nicht mal darüber.«

»Mach ich ja. Aber es will keiner wissen. Erst gestern habe ich eine Absage vom Spiegel bekommen.«

»Und in deinen Fachmagazinen?«

»Das ist doch wie Eulen nach Athen tragen. Unsere Leser wissen natürlich selbst, wie die Situation im Transportgewerbe aussieht. Da brauchen wir ihnen nichts zu erzählen. Außer die Wahrheit über schlechte Lkw. Aber die wird nicht gedruckt.«

»Das ist ja ein echtes Dilemma. Kannst du nichts anderes machen?«

»Ich kann nichts anderes. Ich habe vor fünfzehn Jahren mein Studium abgebrochen. Sonst wäre ich jetzt Lehrer, hätte zwei Kinder und ein Reihenhaus in Königsdorf.«

»Keine Frau?«

»Die wäre längst weggelaufen. Vor Langeweile.«

Gaby musste laut lachen.

»Du bist ganz schön zynisch, weißt du das?

»Das macht der Beruf.«

»Eigentlich solltest du ein Buch darüber schreiben.«

»Ach Gaby. Das liest doch auch keiner. Aber vielleicht suche ich mir einen Kabarettisten aus Köln und entwickle mit dem zusammen ein Bühnenprogramm. Die Achsen des Bösen. Material habe ich genug. Das ist dann natürlich nicht deine Baustelle. Du hast ja nie Zeit, ins Kabarett zu gehen.«

»Immer noch nachtragend?«

»Ein wenig schon. Aber wahrscheinlich wird eh nichts aus meiner Idee. Kein Veranstalter wird das Programm buchen, weil sich kein Zuschauer dafür interessiert. Deshalb erzähle ich es dir lieber. Das macht viel mehr Spaß. Außerdem kann ich dich dabei anschauen. Du bist übrigens sehr schön, habe ich dir das schon mal gesagt?«

»Du bist schon ein komischer Vogel, Torsten.«

»Nicht wirklich. Ich bin genauso verrückt wie alle, die hier rumlaufen. Nur Andreas war noch bescheuerter, weil er in Köln unbedingt noch ein Theater gründen wollte.«

Gaby schaltete den Rekorder aus.

»Das war ganz schön interessant, was du da gesagt hast, Torsten. Das gibt eine Menge Material für eine Geschichte. Vielleicht bringen wir das sogar schon morgen. Dann kennt dich jeder in der Stadt.«

»Aber bitte nicht so viel Negatives über die Fachpresse. Es gibt da nämlich ein paar Leute, die sich möglicherweise angesprochen fühlen.«

»Aber die lesen doch nicht die Schnelle Rheinzeitung.«

»Hast du eine Ahnung.«

»Du bist mir wirklich ein Rätsel, Torsten.«

»Ich mir manchmal auch. Hey, da haben wir schon wieder etwas gemeinsam.«

»Irgendwie gefällst du mir, weißt du das? Ich verstehe gar nicht, warum ich das nicht früher verstanden habe.«

»Früher?«

»Damals. Na du weißt schon.«

»Wahrscheinlich sind wir einfach nur zu oft ins Theater gegangen. Wir hätten es beim Vögeln belassen sollen.«

»Das war jetzt gemein.«

»Sorry. Ist mir so rausgerutscht.«

Sie packte ihre Sachen ein und schaute ihn danach lange schweigend an.

»Andreas hatte übrigens was mit Sandra. Ich habe mich da mal umgehört.«

»Das wundert mich nicht.«

»Und sie dreht seit heute eine neue Comedy-Reihe.«

»Wie bitte?«

»Ja. Draußen in Ossendorf.«

»Das gibt es nicht.«

»Doch. Ich habe mit dem Produzenten von Mediacontrol in der Bismarckstraße gesprochen. Der hat mir das bestätigt.«

»Das haut mich um. Die hatte doch einen Vertrag mit Andreas. Den habe ich höchstpersönlich gesehen.«

»Verträge. Was sind schon Verträge? Wenn das Fernsehen ruft, dann vergessen Schauspieler sofort ihre Verträge mit den Freien Theatern.«

»Ist das so?«

»Ich könnte dir einige Theaterleiter nennen, denen das passiert ist.«

»Mich würde viel mehr interessieren, wie ich möglichst schnell an diesen Typ von Mediacontrol rankomme.«

»Den kann ich anrufen. Das ist ein Freund von mir.«

»So wie Andreas?«

»Nein. Wir waren tatsächlich mal zusammen. Ist aber eine Weile her.«

»Da hast du sicher eine gute Partie ins Land gehen lassen.«

»Der hatte irgendwann nur noch sein Fernsehen im Kopf. Außerdem war er eine Niete im Bett.«

Sie holte ihr Handy aus der Tasche.

»Hallo Rupprecht. Hier ist noch mal die Gaby ... Störe ich?... Dann ist gut ... Also hier ist gerade der Kollege von mir. Von dem ich dir gestern erzählt habe. Ein Journalist vom Fach sozusagen. Er interessiert sich brennend für deine neue Serie ... Welche Zeitung? Eh ... Moment mal.«

»Welche Zeitung?«, flüsterte sie.

»DVZ, eh, nein, DFZ. Deutsche Fernsehzeitung. Ist ganz neu auf dem Markt.«

»DFZ, Rupprecht, Deutsche Fernsehzeitung. Ist ganz neu auf dem Markt ... Du kannst doch nicht alle Zeitungen kennen, Rupprecht. Du bist doch viel zu sehr mit deiner Comedy-Reihe beschäftigt ... Nein, ich wühle jetzt nicht in alten Wunden ... Komm, stell dich nicht so an. Ihr wollt doch auch Werbung. Kann ich dir den Kollegen gleich mal vorbeischicken?... Das ist echt lieb von dir. Ich werde bestimmt auch was Schönes über euch schreiben, wenn die Serie rauskommt ... Okay, ich werde fragen

»Passt es um halb vier?«, fragte sie.

»Klar«, antwortete Fink.

»Um halb vier passt es ... Das ist echt lieb von dir. Ich lade dich demnächst mal wieder auf einen Kaffee ein ... Doch versprochen. Diesmal schon. Und besorgt mir Pressekarten für die Premiere ... Nein Rupprecht, ich bin wirklich darüber weg. Ich hab jetzt einen Kater ... Okay, lass gut sein. Ich habe hier noch eine Besprechung ... Also. Bis dann ... Ja, genau ... Ciao.«

Sie legte das Handy auf den Tisch und atmete auf.

»Gott. Männer!«

»Das kannst du jetzt nicht so allgemein sagen.«

»Doch. Kann ich.«

Sie schaute auf ihre Uhr.

»Viel Zeit haben wir nicht mehr.«

»Schade eigentlich.«

»Ja, wirklich schade.«

»Vielleicht sehen wir uns ja mal wieder.«

»Bestimmt. So oft, wie du neuerdings anrufst.«

»Ich muss heute Abend in die Studiobühne. Premiere vom Suse-Weingarten-Ensemble. Du hast nicht zufällig Lust mitzukommen.«

»Nein, Gaby. Ich würde gerne noch mal mit dir ins Theater gehen. Aber nicht in die Studiobühne. Da habe ich ganz schlechte Erinnerungen.«

»Ja dann. Am Samstag ist eine neue Premiere im Sachsenring.«

»Das wird eng. Da spielt Köln gegen Leverkusen. Da bin ich vorher im Stauss.«

»Und später heute Abend vielleicht?«

»Heute ist Champions League. Rotterdam gegen Bayern. Da bin ich auch im Stauss. Wenn du Lust hast, kannst du ja mal vorbeischauen. Sind meistens ganz nette Leute da.«

»Du machst wohl keine Kompromisse?«

Gaby konnte ihre Enttäuschung kaum verbergen.

»Okay, weil du es bist«, lenkte Fink ein. »Vielleicht komme ich nach dem Spiel in die Studiobühne. Aber nur ins Café.«

Gaby musste lachen. Fink zückte seine Brieftasche.

»Darf ich dich diesmal einladen?«

»Gerne.«

»Jetzt haben wir vor lauter Reden gar keine Nudeln gegessen.«

»Stimmt. Wäre mir gar nicht aufgefallen, wenn du es nicht gesagt hättest.«

»Da passe ich schon auf. Muss ja alles seine Ordnung haben.«

»Sag mal, Torsten. Die DFZ kenne ich auch noch gar nicht.«

»Mir ist auf die Schnelle auch nichts besseres eingefallen. Eine DFZ gibt es gar nicht. Aber es gibt eine DVZ. Die Deutsche Verkehrs Zeitung.«

»Echt? Und dafür schreibst du?«

»Na klar. Und nur die nackte Wahrheit.«

* * *

»Sie sind also von der Deutschen Fernsehzeitung?«

Rupprecht Unruh blickte auf die Visitenkarte. Dabei rutschte er unruhig auf seinem schwarzen Schreibtischstuhl hin und her und blitzte ihn aus seiner randlosen Brille an. Die in Gel getunkten kurzen schwarzen Haare standen ihm einzeln zu Berge.

Vor ihm auf der gläsernen Schreibtischplatte stapelten sich Dutzende Videos. Im Hintergrund liefen zwei Fernseher. Stephan Raab grinste als überdimensionales Poster von der Wand. Daneben Fotos von Anke Engelke, Ingolf Lück und Annette Frier.

Im Bild von Harald Schmidt steckten zwei Wurfpfeile.

Die Sekretärin hatte gerade den Kaffee gebracht. Nichtraucherzimmer hatte sie gesagt, als er nach einem Aschenbecher gefragt hatte.

»Das ist merkwürdig«, sagte Unruh. »Unsere Leute wissen nichts von einer Deutschen Fernsehzeitung.«

»Das ist auch gut so. Das Hamburger Verlagshaus Galaxis will den deutschen Markt für Fernsehzeitungen ja auch schließlich mit einem Überraschungscoup aufrollen. Da wäre es Blödsinn, wenn alle schon vorher wüssten, was auf sie zukommt. Die planen nämlich ein völlig revolutionäres Hochglanzmagazin mit einer hohen Zuschauerbindung im Bereich Comedy.«

»Das haben wir auch versucht und uns dabei eine blutige Nase geholt. Aber Sie kenne ich auch nicht. Zumindest nicht aus der Fernsehszene.«

»Ich bin ein freier Journalist. Und ich bin auch mehr zufällig hier. Ich möchte eine Reportage schreiben, wie die TV-Sender ihre jungen, talentierten, aber völlig unbekannten Schauspieler von den Freien Kölner Theatern rekrutieren und aus ihnen Stars machen. Und da meinte Gaby

Lange von der Schnellen Rheinzeitung, sie wären der Mann, der mir dazu was sagen könnte.«

»Ja, ja, die Gaby. Gute Frau. Sehr erfolgreich. Nur ein wenig zweifarbig. Haben Sie was mit ihr?«

»Bitte?«

»Die legt sich sonst kaum so für einen Mann ins Zeug.«

»Das wäre mir jetzt nicht aufgefallen. Nein. Unser Verhältnis ist rein kollegial.«

Unruh stand auf und zeigte auf das Bild von Annette Frier.

»Kennen Sie die?«

»Kann sein, ja.«

»Das ist unsere Annette. Hoch begabt. Vor ein paar Jahren ausgezeichnet mit dem Puck der Theatergemeinde Köln. Sie spielt in der Wochenshow. Kam für unsere Anke.«

»Jetzt erinnere ich mich.«

»Ein Knaller. So jung und schon so erfolgreich. Dank mir, natürlich. Ich habe sie entdeckt.«

»Wo?«

Unruh machte eine wegwerfende Handbewegung.

»Wo? Das habe ich schon wieder vergessen. Wahrscheinlich in einem dieser vielen kleinen Kölner Kellertheater, wo es keine Parkplätze vor der Tür gibt und einen die Leute dumm anschauen, wenn man sich nach Beginn der Vorstellung durch die Reihen drängt. Abartig, sage ich ihnen, einfach abartig.«

»Aber das macht doch gerade die Atmosphäre aus.«

»Atmosphäre. Das ich nicht lache. Stickig ist es, eng und stickig. Eine Bedienung, die einem eine Flasche Kölsch für sieben Mark auf die Theke knallt. Ständig knarrt eine alte Holztreppe, da eben diese Bedienung auch noch das Licht für die Show machen muss, weil sich das Theater keinen Techniker leisten kann.«

»Ich dachte, dafür gibt es ABM-Stellen?«

»AB was?«

»Arbeitsbeschaffende Maßnahmen.«

»Genau. Wir verschaffen ihnen anständige Arbeit, diesen jungen und hoffnungsvollen Talenten, die ansonsten ihre besten Tage in einem düsteren Loch verbringen müssten. Wir holen sie das raus. Wir, die Macher vom Fernsehen.«

Er steckte ein Video in den Apparat. Dann drehte er sich blitzschnell um und warf einen Pfeil auf Harald Schmidt. Er blieb mitten in der Stirn stecken.

»Manche hauen natürlich wieder ab, weil sie größenwahnsinnig geworden sind.«

Das Band lief ab.

Sandra Wechselberger. Von Hüfte bis Fuß in Sträflingskleidung.

»Das ist unser neuer kommender Star. Unsere Sandra. Natürlich auch ausgezeichnet mit dem Puck der Theatergemeinde Köln. Auf die schauen wir zuerst.«

Unruh beugte sich zu ihm herüber.

»Unter uns. Die Kölner Theater sind selbst schuld. Ich würde das nicht so groß an die Glocke hängen, wenn ich ein junges Talent langsam für das Theater aufbauen will.«

»Aber für den Preis gibt es doch bestimmt jede Menge Geld.«

»Das ist relativ. 5000 Mark.«

»Das ist doch ganz anständig für eine junge Schauspielerin aus dem Theater.«

»Lachhaft ist das. Überhaupt. Theater und Geld. Das ist das Problem. Wir haben das Geld. Und wir machen aus einem Puck harte Mark.«

Sandra klammerte sich verzweifelt an die Gitterstäbe. Von hinten nahte eine große und böse blickende dunkelhaarige Frau.

»Das wird unser neuer Quotenhit. In etwa eine Mischung aus Big Brother und Hinter Gittern. Raten Sie mal, wie die heißt?«

»Keine Ahnung. Von Comedy verstehe ich nichts.«

»Täglich Hinter Gittern. Und Sandra spielt die Hauptrolle. Eine junge, aber leicht nymphomanische Krankenschwester, die jahrelang unbemerkt alte Leute gemeuchelt hat und dafür lebenslang ins Gefängnis muss.«

»So lange soll das laufen?«

»Unsere Zuschauer wachsen mit. Und das Beste. Da Sandra als Kind im Chor war, kann sie sogar singen, wenn Walter sie von hinten so richtig ran nimmt. Die Frau ist gut. Wir lassen für sie gerade Material für eine CD entwickeln. Und dann verbünden wir uns mit einem Musiksender. Dann kann uns keiner mehr entkommen.«

»Das ist alles sehr durchdacht und sicher sehr zukunftsorientiert.«

»Absolut werbekonform. Die werden uns die Bude einrennen. Sandra bekommt natürlich auch etwas ab. Zumindest mehr als im Theater.«

»Wie ich sehe, haben die Aufnahmen schon begonnen.«

»Ja. Gestern Nachmittag. Sie konnte sich dafür gerade noch frei machen.«

Ach so war das, dachte er.

Das Telefon klingelte.

»Unruh ... Ja, stellen sie durch ... Hallo Herr von Sorny. Schön, dass sie anrufen ... Nein, ich habe sie nicht vergessen ... Ich bin schon auf dem Sprung ... Nein, ich komme zu Fuß. Ein wenig frische Luft tut mir auch gut. Sie wissen ja. Ich sitze den ganzen Tag nur vor dem Fernseher. Und bis zum Mediapark ist es ja nicht so weit.«

* * *

Der Angriff kam diesmal über links.

Thorsten Fink, das Sinnbild für Schönheit und Ausdauer im deutschen Profifußball, nahm dem gegnerischen Stürmer locker den Ball ab, passte ihn zurück auf Oliver Kahn. Kahn drosch den Ball sofort über 50 Meter auf Pizarro, der passte kurz zu Elber.

Toooor!!!

Die Leute im Stauss sprangen fast gleichzeitig auf. Zwei Tage nach dem Spiel gegen den FC hatte auch die Geißbock-Fraktion schon wieder die Seite gewechselt.

»So geht das«, sagte Fink und klopfte Knut auf die Schulter.

»Gegen Rotterdam ist das natürlich auch kein Problem«, antwortete Knut und sah griesgrämig herüber.

»Und? Wie laufen die Ermittlungen.«

»Die Schlinge zieht sich zu.«

Fink steckte sich eine Zigarette an.

»Das hört sich doch gut an.«

»Wir haben mit diesem Anwalt gesprochen, mit dem Andreas Hubert die Verträge mit den Schauspielern aufgesetzt hat. Scheint mir sehr kompetent zu sein. Der hat sein Büro in der Bismarckstraße.«

»Warum sagst du mir das?«

»Ich weiß ja nicht, ob du mal einen guten Anwalt brauchen kannst?«

»Bislang noch nicht.«

»Um so besser. Auf alle Fälle. Dieser Anwalt hat bestätigt, dass es sich bei den Verträgen, die Hubert mit seinen Schauspielern für die Produktion von Ausverkauft geschlossen hat, tatsächlich um eine Gesellschaft bürgerlichen Rechts handelt.«

»Was heißt das konkret?«, fragte Fink.

»So wie wir vermutet haben. Wenn das Stück Ausverkauft gut gelaufen wäre, dann hätten sie gutes Geld verdient.«

»Und wenn nicht, hätten sie wahrscheinlich keinen Pfennig bekommen, oder?«

»So ist es.«

»Dann wäre ich doch an ihrer Stelle aus der Produktion ausgestiegen, wenn sich abzeichnet, dass keine Kohle rüberkommt.«

»Das ist genau der Punkt. Das geht nämlich nicht so einfach bei einem GbR-Vertrag. Anders als bei einen normalen Vertrag.«

»Das musst du mir erklären.«

»Nehmen wir mal diese Sandra Wechselberger. Sie hätte für einen Teil der bisherigen Kosten aufkommen müssen, wenn sie vorzeitig ausgestiegen wäre. Nur im Todesfall wäre sie aus dem Vertrag gekommen. Denn Hubert hat in den Vertrag reinschreiben lassen, dass im Falle seines Todes die GbR nicht weitergeführt werden sollte. Die Schauspieler und der Regisseur hätten allerdings ausgetauscht werden können. Ich bin mir nicht sicher, ob die das so genau gelesen haben.«

»Das ist ja ein Hammer. Hast du mit ihr darüber gesprochen?«

»Ich habe sie bislang noch nicht erreicht. Nur ihren Anrufbeantworter.«

»Kein Wunder. Sie dreht seit gestern eine Comedy für eine Kölner Produktionsfirma namens Mediacontrol. Täglich Hinter Gittern.«

Knute schaute ihn völlig verwundert an.

»Abartig. Was diese Fernsehleute immer nur mit Gefängnissen haben. Ich finde, da ist es nur öde und langweilig.«

Fink stieß Knut leicht an.

»Knut, hast du das nicht verstanden? Sandra hat einen neuen Vertrag mit einer TV-Produktion geschlossen, obwohl sie einen gültigen Vertrag mit Andreas Hubert hatte.«

Knut sah ihn groß an.

»Oh Mann. Das gibt es doch gar nicht.«

»Doch. Die sind heute so, diese junge Schauspielerinnen.«

»Das meine ich nicht. Aber wir haben heute von Talkline eine Aufstellung von Huberts letzten Telefonaten bekommen. Und rate mal, mit wem er zuletzt ziemlich genau zum Zeitpunkt seines Todes gesprochen hat.«

»Sag nicht mit Sandra Wechselberger?«

»Doch, über ihr Handy.«

»Schrecklich«, fuhr Fink fort. »Jeder hat heute ein Handy. Selbst unser Torwart.«

Knut antwortete nicht. Er schien zu überlegen.

»Vielleicht ist er vor Schreck in den Rhein gefallen, als sie ihn angerufen hat. Immerhin war er betrunken. Und so eine Nachricht kann einen schon mal aus dem Gleichgewicht bringen.«

»Er hat sie angerufen«, entgegnete Knut halb in Gedanken.

»Mann, Knut, ich begreife überhaupt nichts mehr.«

Fink blickte zum Fernseher über der Tür. Der Schiedsrichter hatte gerade zur Halbzeit gepfiffen.

»Sag mal, Knut Hast du jetzt eigentlich mitbekommen, wie es steht?«, fragte er.

Knut schüttelte nur den Kopf.

»Das interessiert mich im Augenblick herzlich wenig. Und du gehst mir langsam auf den Geist mit deinem ewigen Fußball. Ich versuche gerade, zwei und zwei zusammenzuzählen, und du redest von Fußball.«

»Okay. Dann lös du deinen Fall alleine, und ich schaue nur noch Fußball.«

Fink bestellte ein Kölsch und drehte sich demonstrativ weg. Jörg Wontorra sprach mit Bernd Schuster. Allerdings konnte er nicht verstehen, worüber. Uwe drehte in der Pause immer den Ton weg.

»Irgendwas stimmt da nicht, Torsten. Und ich habe das Gefühl, ich bin kurz davor, es zu begreifen.«

»Ich weiß zumindest, wo Sandra ist«, frohlockte Fink.

»Was sagst du da?«

»Ich weiß, wo Sandra ist. Oder sein müsste. Auf der Bühne im ARTheater. Sie spielt dort heute abend in der kleinen Horrorshow. Hat sie mir jedenfalls so gesagt.«

»Gut zu wissen. Vielleicht macht sie ja danach ihr Handy an.«

»Vielleicht.«

Fink schaute gedankenverloren auf die Werbung.

Sandra? Niemals, dachte er. Nicht eine junge und talentierte Nachwuchsschauspielerin, die auch noch mit dem »Puck« der Theatergemeinde Köln ausgezeichnet war.

Unmöglich. Nicht daran zu denken. Oder doch?

»Ein Motiv wäre es tatsächlich schon«, sagte Fink schließlich. »Wenn Andreas Hubert stirbt, dann sind alle bisherigen Verträge null und nichtig, wenn ich dich eben richtig verstanden habe.«

»Torsten. Komm hör auf. Das kannst du dir in deinen Krimis ausmalen. Und selbst wenn. Warum sollte sie mit ihm telefonieren, wenn sie ihn gleichzeitig umbringt.«

»Vielleicht hat er sie angerufen, um sie zur Rede zu stellen? Ich denke, sie wird dafür eine Erklärung haben.«

»Ich wette mit dir, sie lag zu Hause im Bett. Dann hat sie natürlich kein wirklich ausreichendes Alibi.«

»Wie genau habt ihr den Zeitpunkt seines Todes datieren können?«

»In etwa nach zehn Uhr. Und das ist ziemlich genau die Zeit, als Hubert mit Sandra über sein Handy telefoniert hat. Es kann natürlich sein, dass er mit ihr etwas besprochen hat, das eine dritte Person belauscht hat.«

Der Typ im Fernsehen saß an seinem Computer und wählte eine Nummer auf seinem Tastentelefon. Die Frau mit dem Handy in der Hand stieg gerade in ein Taxi.

»Hallo Schatz«, sagte sie. »Tut mir Leid. Ich schaffe es heute nicht. Ich bin am Flughafen hängen geblieben.«

»Das ist schade«, antwortete der Mann. Er sah traurig in die Kamera.

Fink stieß Knut an und zeigte auf den Fernseher.

»Mensch Knut. Schau mal.«

»Und wann sehen wir uns dann«, fragte der Mann.

»Vielleicht morgen«, antwortete die Frau und stieg aus dem Taxi aus.

»Ich freue mich schon auf dich«, sagte er.

»Ich auch«, sagte sie und stieg die Treppe hoch.

»Mach dir noch einen schönen Abend«, sagte er.

»Klar mache ich das«, hauchte sie ins Handy und stand plötzlich hinter ihm. »Mit dir und mit meinem Mon Chérie.«

»Das gibt es nicht«, sagte Knut.

»Doch, Knut, das gibt es.«

»Wo ist dieses verdammte ARTheater?«

»In der Nähe der Post auf dem Ehrenfeldgürtel.«

»Das ist nicht schon wieder so eine blöde Postnummer?«

»Nein. Nicht, so weit ich weiß.«

Knut zog sein Handy aus der Tasche.

»Naumann, wo bist du? ... Okay, ich fahre jetzt noch mal kurz ins ARTheater nach Ehrenfeld. Da muss ich ganz dringend was klären ... Nein, aber ich will ganz sicher gehen ... Ach, das ist ja höchst interessant. Das hast du in der Wohnung gefunden?... Noch besser. Darüber reden wir gleich ... Genau. Ansonsten läuft alles wie besprochen. Wir treffen uns später.«

»Ich muss los«, sagte er zu Fink, nachdem er sein Handy wieder eingesteckt hatte. »Bist du gleich noch hier?«

»Klar. Dumme Frage.«

Knut ging raus und stieß dabei mit dem Verkäufer der Schnellen Rheinzeitung zusammen.

Fink kaufte die Mittwochsausgabe und blätterte sie durch.

Gaby hatte Recht behalten. Die Geschichte war schon im Blatt.

Ein sehr großes Bild diesmal.

Ein ungleiches Paar

Von Gaby Lange

Köln im Herbst 2001. Ein Krimi live in unserer Stadt. Seit Tagen sucht der freie Kölner Fachjournalist Torsten Fink, hier im Bild mit dem bekannten Köln-Truck, einem kantigen, aber windschlüpfrigen DAF, den Mörder seines Freundes Andreas Hubert, mit dem er viele glückliche Stunden am Englischen Seminar der Universität Köln verbracht hat. Hubert, der in vier Wochen das neue Theater an der Ulrepforte mit dem bereits ausverkauften Stück »Ausverkauft« eröffnen wollte, wurde am vergangenen Samstag im Rheinauhafen von der Kaimauer gestoßen und dadurch mitten aus seinem hoffnungsfrohen Leben gerissen. Insider vermuten den Mörder in der Freien Kölner Theaterszene, die durch den drohenden Entzug der städtischen Fördergelder bis aufs Blut gereizt ist. Fink, dessen spannende und ungewöhnliche Berichte aus dem Bereich Transport und Logistik immer haarscharf an der Wahrheit vorbei gehen und die große Mängel in der angeschlagenen deutschen Nutzfahrzeugindustrie bislang noch nicht aufgedeckt haben, sieht einen unmittelbaren Zusammenhang mit dem ausufernden Boom der Comedy im privaten Fernsehen. Die Polizei tappt dagegen weiterhin im Dunkeln.

Ein Fall für die Sonderkommission Schnelle Rheinzeitung.

Wir bleiben dran.

Mittwoch

Das Break war kräftig. Zwei gestreifte Kugeln fielen fast gleichzeitig in die dritte und vierte Tasche. Die anderen Kugeln verteilten sich über die gesamte Fläche des Billardtisches. Fink ging einmal um den Tisch herum und versenkte noch drei weitere Kugeln. Nur die gelbe berührte genau am Mittelloch die Bande und rollte in die Mitte des Tisches zurück. Das neue Tuch machte den Tisch ungewohnt schnell. Dafür blieb die weiße Kugel direkt hinter drei vollen liegen.

Fink nahm einen tiefen Schluck aus seinem Kölschglas. Eine gelungene Eröffnung, dachte er. Michael wurde etwas blass. Es war schon sein zweiter Versuch, an diesem Abend gegen ihn zu gewinnen. Die Runde war verhältnismäßig klein für einen üblichen Abend im Stauss. Nur Rolf, ein bislang im Stauss unbekannter dritter Mann, hatte am Ende noch mitgespielt. Rolf war unkonzentriert, weil er öfter mit seinem Handy telefonierte. Fink hatte das Gefühl, dass Rolf ihn ständig beobachtete. Und er meinte, Rolf heute schon mal irgendwo in der Stadt gesehen zu haben.

»Glücksritter«, murmelte Michael nur, bevor er sein Spiel aufnahm. »Hast wohl Oberwasser bekommen, nur weil du jetzt in der Schnellen Rheinzeitung stehst?«

Mit seinem Stoß konnte Michael seine Kugeln lediglich etwas auseinander treiben.

»Scheint ja richtig gut zu laufen«, sagte Knut plötzlich und blickte Fink herausfordernd schräg von der Seite an. Er hatte ihn gar nicht ins Stauss kommen sehen.

»Nicht wirklich«, antwortete er nicht ohne Stolz, versenkte die restlichen Kugeln und brachte die Weiße genau hinter der schwarzen Acht zum Liegen. Selbst für ihn war so ein glatter Durchmarsch eine Seltenheit.

»Schon wieder zurück?«

»Wie du siehst.«

»Ich stehe schon seit acht Spielen ununterbrochen am Tisch.«

»Bemerkenswert«, antwortete Knut. Er schien völlig unbeeindruckt.

Ein letzter kurzer Stoß. Die Acht versank im Loch. Michael warf wutentbrannt sein Queue auf den Tisch und ging zur Theke, um zu zahlen.

»Dann wollen wir deiner Glückssträhne doch mal ein Ende bereiten.«

Knut schrieb seinen Namen als Herausforderer auf die Tafel unter Rolf und lächelte diesem fast unmerklich kurz zu. Er meinte, irgendwie einen merkwürdigen Unterton vernommen zu haben.

»Ist was?«

»Das erkläre ich dir später.«

Knut deutete auf den Tisch neben der Tür. Dort saß eine unauffällige Frau um die vierzig mit lockigen braunen Haaren. Knut blickte fragend zu ihr herüber. Sie nickte deutlich zurück. Irgendwo hatte Fink sie schon einmal kurz gesehen. Mit Knut konnte er sie allerdings überhaupt nicht in Verbindung bringen.

»Und? Wie war der Rest der Show?«

»Ich war positiv überrascht. Vor allem von Sandra Wechselberger. Die hat mir wirklich sehr gut gefallen. Und das sage ich als Polizist, der nun keine Ahnung von Theater hat.«

»Vielleicht solltest du dir einfach ein Abonnement bei der Theatergemeinde Köln besorgen. Da erlebst du bestimmt noch mehr Überraschungen.«

Fink nahm Knut ein wenig zur Seite und sprach betont leise.

»Und? War auch die Vernehmung erfolgreich?«

»Das kommt darauf an«, antworte Knut.

»Worauf?«

»Nun, es ging jedenfalls sehr schnell.«

»Hat sie gestanden?«

»Nicht so ganz, wie du es dir erhofft hattest.«

Rolf baute bereits die Kugeln für die nächste Runde wieder auf.

»Was soll das heißen?«, fragte Fink vorsichtig.

»Nun, Sandra Wechselberger hat zumindest zugegeben, sich mit Hubert an diesem Abend mehrmals am Telefon gestritten zu haben. Du hattest Recht. Sie wollte tatsächlich aus der Produktion aussteigen, und Hubert hatte ihr damit gedroht, ihr nicht nur die zusätzlichen Probenpauschalen für die neue Schauspielerin, sondern auch die Kosten für das Pressematerial und vor allem die vielen Handzettel aufs Auge zu drücken. Das hätte alles neu gedruckt werden müssen. Da wäre alles in allem schon eine nette kleine Summe zusammen gekommen.«

»Aber alleine deswegen bringt man doch niemandem um.«

»Das hat sie auch gesagt. Oder, um sie wörtlich zu zitieren, leck mich am Arsch.«

»Das ist hart.«

Rolf stand neben dem Tisch. Er schien gar nicht darauf zu drängen, mit dem Spiel zu beginnen. Ungewöhnlich für das Stauss.

»Ich komme gleich«, rief Fink herüber.

»Lasst euch Zeit«, antwortete Rolf. Freitags würde das zu einem mittleren Aufstand in der Billardecke führen.

»Sie hätte sogar alles bezahlt«, fuhr Knut fort.

»Wie bitte?«

»Ich sagte, sie hätte sogar bezahlt. Für sie wäre die Summe nun wirklich ein Klacks gewesen im Vergleich zu der vertraglich garantieren Gage, die sie jetzt bei Mediacontrol bekommt. Immerhin ist sie der designierte weibliche Star von Täglich Hinter Gittern.«

»Dann muss etwas anderes dahinter stecken.«

»Davon gehen wir auch aus. Aber das wirft kein so gutes Licht auf Andreas Hubert. Das ganze Projekt Ausverkauft stand tatsächlich finanziell auf sehr wackeligen Füßen. Darauf wollte sie sich natürlich nicht einlassen. Was ich auch verstehen kann. Hubert hat sich anscheinend total verkalkuliert.«

»Hast du schon mal versucht, ein Theater ohne das nötige Geld zu leiten? Andreas war fix und fertig, Er war oft drauf und dran, alles hinzuschmeißen.«

»Vielleicht wäre das besser gewesen. Aber er hat versucht, Sandra trotzdem weiter unter Druck zu setzen.«

»Und wie?«

»Er hat ihr damit gedroht, sie in der gesamten Freien Theaterszene als vertragsbrüchig und unzuverlässig schlecht zu machen.«

»Das war eigentlich nicht seine Art«, sagte Fink.

»Du kannst den Leuten halt nicht hinter ihr Gesicht sehen. Wenn das so einfach wäre, dann wäre auch unsere Arbeit viel leichter.«

»Und«, lenkte Fink ein. »Hatte Andreas jetzt was mit ihr?«

»Das glaube ich nicht.«

»Wieso?«

»An diesem Abend, als Hubert sie aus dem Rheinauhafen angerufen hat, war sie gerade in der Bar vom ART Theater und kurz danach zu Hause im Bett.«

»Du weißt doch selbst, dass das kein Alibi ist.«

»Stimmt. Aber auch dafür hat sie einen Zeugen.«

»Wer?«

»Dieser Produzent von Mediacontrol. Weißt du, Torsten, irgendwie verstehe ich diese jungen Frauen von heute nicht mehr.«

»Oh Scheiße«, sagte Fink nur. Mehr nicht. Es hatte ihm die Sprache verschlagen.

»Tja«, fuhr Knut nach einer kurzen Pause fort. »Sandra hat ein ziemlich glaubwürdiges Alibi. Dieser traurige Fall bekommt plötzlich eine ganz merkwürdige Wendung.«

Knut deutete zum Billardtisch.

»Sagt mir, wenn ich dran bin.« Dann blickte er zur Tür. »Ich werde mich solange noch ein wenig mit Maria unterhalten.«

»Ist das etwa deine neue Flamme?«

»Nein. Wo denkst du hin? Für Frauen hab ich doch bei meinem Beruf überhaupt keine Zeit. Das hab ich dir doch schon mal gesagt. Nein, Maria betreibt ein Büdchen an der Ecke beim alten Stollwerck-Gelände. Ich habe mir da neulich ein paar Zigaretten geholt. Dabei sind wir zufällig ins Gespräch gekommen. Das war ganz schön aufschlussreich.«

Scheiße, schoss es Fink durch den Kopf. Er hatte Mühe zu verbergen, dass ihm beinahe die Knie wegsackten. Er musste sich kurz auf den Billardtisch setzen. Die Frau aus dem Büdchen. Wieso war die hier? Das war überhaupt nicht vorgesehen.

»Ist dir nicht gut?«, fragte Knut.

»Seit wann rauchst du denn?«, quetschte er mit Mühe heraus.

Knut antwortete nicht, sondern lächelte nur vielsagend.

Fink kreidete sein Queue und holte zum Break aus. Doch die Spitze streifte die Weiße nur. Die Kugel kullerte langsam zu Seite.

»So hast du aber gleich gegen mich keine Chance«, lästerte Knut und fing die Kugel ab. »Ich hoffe nur, du strengst dich gegen mich ein bisschen mehr an. Es könnte nämlich für lange Zeit unser letztes gemeinsames Spiel im Stauss sein.«

»Was soll das, Knut? Willst Du mich verarschen?«

Knut legte die Weiße zurück auf den Anstoßpunkt.

»Weiß du, Torsten, jeder von uns macht hin und wieder Fehler. Beim Billard ist das nicht so schlimm. Da wartest du, bis du wieder dran bist und wirfst einfach eine neue Mark ein. Im wirklichen Leben ist das etwas anders. Besonders, wenn es um Mord und Totschlag geht. Denn dann kommen wir ins Spiel, um diese Fehler zu finden.«

Fink schreckte zusammen, als die weiße Kugel auf die Spitze des Dreiecks traf. Rolf hatte die Kugeln über den ganzen Tisch verteilt. Aber keine war gefallen.

Fink legte die Weiße wieder auf den Anstoßpunkt zurück und zielte auf die rote Volle direkt vor der Vier. Doch sie prallte weit neben der Tasche von der Bande ab.

»Nervös geworden?«, fragte Knut. »Das ist übrigens Kommissar Rolf Naumann. Er ist auch mit dem Fall betraut, wie du weißt. Ich dachte mir, er leistet dir ein wenig Gesellschaft, solange ich noch mit Sandra spreche. Schließlich wollten wir dich nicht plötzlich aus den Augen verlieren. Wobei es ja nicht viele Orte in Köln gibt, wo man dich finden kann.«

Naumann lächelte freundlich. Knut schien einen Augenblick nachzudenken.

»Ich hoffe, du hast nichts dagegen, wenn wir gleich zusammen gegen dich spielen? Sonst wird das wohl nichts mehr mit uns.«

Fink war angespannt. Seine Beine zitterten. Er fixierte Knut. Der beugte sich über den Tisch. Sein Jackett rutschte ein wenig zur Seite und gab den Blick auf die Pistole im Halfter frei. Knut zielte ebenfalls auf die rote Volle und versenkte sie mittig in die Fünf.

»Du hast uns allen eine schöne Geschichte aufgetischt, Torsten. Sehr stimmig, auf den ersten Blick. Auch sehr spannend, zum Teil jedenfalls. Aber es gab doch einige sehr merkwürdige Zufälle. Und ein paar gravierende Lücken im Zeitablauf.«

»Was meinst du?«

»Außerdem fanden wir es sehr bedenklich, dass du nicht ein einziges Mal irgendwelche wirklichen Gefühle von Trauer gezeigt hast, dass Andreas Hubert gestorben ist. Schließlich handelt es sich ja um einen alten Freund, wie du immer wieder betont hast.«

»Habe ich schon«, antwortete Fink trotzig. »Nur nicht in aller Öffentlichkeit.«

Knut ignorierte den Einwand und ging um den Tisch herum. Er spielte die Blaue über Bande ins Mittelloch. Mit dem Rückläufer senkte er gleichzeitig noch die Grüne in die Eins. Nur die Gelbe verfehlte ihr Ziel und legte sich zwischen die Tasche und die Weiße. Eine aussichtslose Ablage.

»Da kommst du nicht so einfach wieder raus«, lachte Knut und gab das Queue an seinen Kollegen weiter.

»Abwarten«, antwortete Fink.

Er hatte sich wieder gefasst. Mit starkem Effet schnitt er die Weiße an und spielte über Bande auf die gelbe Halbe. Die Kugel raste über den Tisch und traf eine Volle, so dass diese in die sechs fiel. Langsam trudelte die Weiße hinterher und fiel ebenfalls.

»Volles Risiko«, sagte Knut. »Das gefällt mir so an dir. Aber das bringt auf Dauer nichts. Das ist einfach zu unökonomisch.«

Naumann senkte drei weitere Kugeln, er direkt danach ebenfalls. Knut nahm das Queue wieder entgegen, spielte konzentriert seine letzten farbigen Kugeln und brachte schließlich die Weiße in eine gute Ausgangsposition, um die Schwarze zu senken.

»Ich kenne dich sehr gut, Torsten, und wir sind Mannschaftskameraden bei Stauss und Behinderungen. Das macht die Aufgabe für mich nicht gerade leicht. Außerdem will ich dich hier im Stauss nicht vor allen Leuten brüskieren. Zumal du ja jetzt ein berühmter Mann bist. Zumindest für einen Tag. Und mein Angebot widerspricht sicherlich allen Vorschriften.«

»Ich verstehe im Augenblick nicht, was du von mir willst.«

»Wir können uns gerne gleich noch dahinten in der Ecke in Ruhe unterhalten und ein paar sehr wichtige Fragen klären. Aber nur, wenn du versprichst, keinen Ärger zu machen.«

Naumann schob unmerklich sein Jackett zur Seite. Er sah die Handschellen an seinem Gürtel und merkte, wie seine Widerstandskraft auf einen Schlag erlahmte.

»Was willst Du?«

Knut donnerte die Acht ins Loch. Das Spiel war aus.

»Du bist hiermit wegen des dringenden Verdachtes, deinen Freund Andreas Hubert ermordet zu haben, vorläufig festgenommen.«

* * *

Sie saßen in der hintersten Ecke des Stauss.

Knut und Naumann hatten Wasser getrunken, Maria einen Wein. Fink durfte noch ein paar Kölsch trinken und eine Zigarette rauchen. Schließlich hatte Naumann Maria wieder nach Hause gebracht.

Jetzt saßen sie sich alleine gegenüber.

Maria hatte ihn eindeutig wiedererkannt. Er war am Samstagabend nur kurz in ihr Büdchen gekommen, um ein paar Zigaretten zu kaufen, bevor er sich mit Andreas treffen wollte. Das bevorstehende Gespräch hatte ihn nervös gemacht. Er hatte seine Zigaretten bezahlt und war kommentarlos gegangen. Das war alles. Es gab überhaupt keinen Anlass, ihn mit Andreas in Verbindung zu bringen.

»Du warst nicht zufällig dort«, sagte Fink schließlich. »Und du hast dir auch keine Zigaretten gekauft.«

»Natürlich nicht. Ich mag keine Zigaretten. Die sind Gift für meine Lungen. Das war nur eine weitere kleine Falle, um zu sehen, wie du reagierst. Maria konnte uns allerdings erst heute Vormittag sagen, dass kurz nach Hubert ein zweiter Mann bei ihr im Büdchen war und dann rüber in den Rheinauhafen gegangen ist. Die Beschreibung war recht eindeutig.«

»Davon hast du nichts gesagt.«

»Im Gegensatz zur Presse arbeitet die Polizei damit, dass sie Fakten viel lieber für sich behält, so weit das heutzutage noch möglich ist. Wir haben natürlich schon am Sonntag Leute rund um den Rheinauhafen und das Stollwerck-Gelände befragt, ob ihnen etwas aufgefallen ist. Das Büdchen von Maria war das einzige in unmittelbarer Nähe, wo Hubert sein Bier hätte kaufen können. Aber am Sonntag und Montag war Maria nicht da, sondern nur ihre türkische Aushilfe. Sonst hätten wir Huberts Identität sicher schneller ermittelt.«

»Und was hat das mit mir zu tun?«

»Der Kreis hat sich ziemlich schnell um dich geschlossen. Du wolltest uns ganz schön an der Nase herumführen.«

»Was soll das heißen?«

Knut machte eine Pause.

»Der Gejagte macht sich selbst zum Jäger und setzt sich an die Spitze des Suchtrupps. Ein alter, aber guter taktischer Schachzug. Hat schon Till Eulenspiegel gemacht, wenn ich mich recht erinnere.«

»Sinueh, der Ägypter.«

»Was?«

»Es war Sinueh, der Ägypter.«

»Der auch? Das wusste ich noch gar nicht.«

»Vergiss es. Was wolltest du sagen?«

»Eigentlich waren wir dir immer einen Schritt voraus.«

»Was soll das heißen?«

»Es war uns ziemlich schnell klar, dass es kein tragischer Unfall war. Unsere Jungs von der Spurensicherung waren im Hafen sehr akribisch.«

»Könntest du das bitte konkretisieren?«

»Nun. Sie fanden eine ausgetretene Zigarillokippe neben dem Poller am Kai und eine ausgetretene Zigarettenkippe direkt an der Hausecke von Slahbohm & Mertens. Beide waren relativ frisch. Und das passt ja nicht ganz zusammen, oder?«

Knut deutete auf den Aschenbecher.

»Die Zigarette war von dir, wie wir gestern schließlich anhand der Speichelspuren festgestellt haben.«

»Du hast doch nicht etwa ...«, sagte Fink. Dann verschlug es ihm urplötzlich die Sprache.

Knut zuckte mit den Schultern

»Mir ist natürlich sofort aufgefallen, dass du mit dem Rauchen angefangen hast.«

Fink sagte immer noch nichts.

»Dazu gab es eine sehr unerfreuliche E-Mail von dir auf Huberts Computer, wie Naumann mir gesagt hatte, als du am Sonntagabend im Stauss auf der Toilette warst. Und der letzte Anruf, den Hubert vom Telefon in seiner Wohnung geführt hat, ging auf dein Handy. Das haben wir natürlich sofort überprüft. Naumann hat dafür sein Handy benutzt. Das hat keine Kennung. Vielleicht erinnerst du dich. Falsch verbunden.«

»Das beweist aber gar nichts«, stammelte Fink.

»Stimmt. Aber nachdem wir uns ein wenig in der Wohnung umgesehen hatten, konnten wir schnell ein Profil des Täters erstellen. Deshalb haben wir dich ein wenig zappeln lassen.«

»Das mit der nicht versiegelten Wohnung war also eine Falle?«

»Natürlich. Naumann ist immer sehr sorgfältig. Aber deine schauspielerische Nummer mit dem maskierten Angreifer war auch hervorragend. Da muss man erst mal drauf kommen. So ein kurzer Schlag auf die Halsschlagader, wenn er richtig getroffen hat, führt tatsächlich zu sofortiger Ohnmacht und hinterlässt so gut wie keine Spuren an der betreffenden Stelle. Ich wette, dass dir Hubert das irgendwann mal erzählt hat. Das hat uns für eine kurze Zeit tatsächlich aus dem Konzept gebracht. Wir haben die Wohnung natürlich sofort observiert. Und es sind vor dir noch ein paar Leute rein- und auch wieder rausgegangen. Ein ganz schön umtriebiges Haus. Alte Hausbesetzerszene. Aber du hättest das Übungsschwert nehmen sollen, statt dem Shinai.«

»Bitte?«

»Ich komme gleich dazu. Wir hätten die Schlinge allerdings eher zuzie-
hen sollen. Du bist ein wenig zu weit vorgeprescht, indem du alle Leute
in Köln mit deiner Story genervt hast. Und die Schnelle Rheinzeitung
druckt heute wirklich alles. Deswegen lese ich sie auch nicht mehr.«

»Heh?«

»Weißt du, es war nicht mehr glaubwürdig, dass du dich plötzlich so
für den Tod deines angeblichen Freundes interessiert hast, der dich im
Grunde nur finanziell ausgenutzt hat. Weder von seiner AOL Theater-
truppe noch seinem Job als Kellner konnte er existieren. Das Theater an
der Ulrepforte hätte ihn endgültig in den Ruin getrieben. Wir haben uns
natürlich auch mit der Kölner Sparkasse unterhalten. Mich wundert, dass
er überhaupt einen Kredit bekommen hat. Zum Schluss hat ihn auch noch
dieser Theatermacher aus Düsseldorf hängen gelassen.«

»Robert Hobel?«

»Ach, den kennst du auch?«

»Natürlich. Aber ich konnte ihn lange nicht einordnen.«

»Wir fanden seine Nummer in der Anrufliste von Huberts Handy. Eine
der letzten Nummern. Hobel hat Hubert am Samstag angerufen und ihm
mitgeteilt, dass er da wohl etwas völlig falsch verstanden haben musste.
Man hatte ihm zugetragen, dass Hubert beim Theaterbummel wohl einigen Theaterleitern erzählt hatte, dass er zu diesen zehn Theatern gehören würde, die in Zukunft von der Stadt Köln gefördert werden sollten.
Keiner bei uns im Polizeipräsidium hat zwar verstanden, nach welchen
Kriterien die Auswahl getroffen werden sollte. Und Hobel fand die Idee
mit dem Stück Ausverkauft wohl an sich auch ganz klasse. Aber er hätte
das Theater an der Ulrepforte niemals für die Förderung vorgeschlagen.
Das hätte in Köln zu einem Skandal geführt.«

»Sagt Hobel?«

»Das hat er uns so zu Protokoll gegeben. Leider können wir Hubert
nicht mehr dazu befragen. Aber Hobel hat ebenfalls ein Alibi. Er war
nachweislich im Kommödchen in Düsseldorf.«

Fink sagte lange nichts. Aber allmählich kehrte seine innere Ruhe zurück. Dann sah er Knut an.

»Alles sehr interessant. Aber was hat das jetzt mit dem Schwert zu
tun?«

»Du hast es nicht gemerkt, Torsten. Du warst von Anfang an verdäch-
tig. Das habe ich meinem Kollegen Rolf Naumann zu verdanken, der

zum Glück eine größere Distanz zu dir hat als ich. Ein guter Mann. Aus dem kann noch was werden.«

»Komm zur Sache, Knut.«

»Ich dachte, es interessiert dich, wie wir dir trotz deiner Tricks auf die Schliche gekommen sind. Als Krimi-Fan hätte dir das nicht passieren dürfen. Eine verdächtige Wohnung wird immer versiegelt. Und falls es dich beruhigt: Wir waren natürlich gestern abend auch im Rheinauhafen. Kein Chefredakteur ruft nachts seine freien Mitarbeiter an.«

»Hast du eine Ahnung.«

»Der Typ, den du da getroffen hast, war harmlos. Aber er sollte nicht zu viel in der Öffentlichkeit reden. Das könnte für ihn auf Dauer gefährlich werden.«

»Kannst du mich jetzt bitte aufklären.«

»Also gut. Ich habe mich natürlich auch mit einem Experten aus dem Kendo Dojo Köln über diesen vermeintlichen Angriff auf dich unterhalten.«

Knut holte sein Notizbuch aus der Tasche.

»Diese Namen werde ich mir wahrscheinlich nie merken. Beim Kendo gibt es diesen langen Bambusstab, das Shinai, und das Holzschwert, das Bokuto. Dieser Experte hat mir glaubhaft versichert, dass man ziemlich lange üben muss, um mit einem Shinai jemanden genau so am Hals zu treffen, dass er umkippt.«

Fink spürte, wie sich sein Hals zuschnürte.

»Das musst du mir erklären«, stammelte er.

»Gerne«, antwortete Knut. »Im Gegensatz zum Bokuto federt das Shinai, da es aus vier Bambusstreben besteht, so dass es nicht so wirkungsvoll ist, wie ein Bokuto. Das erfordert eine ganze Menge Übung. Ein Treffer, so wie du ihn erhalten haben willst, wäre eines Kendo-Meisters würdig.«

»Bravo,« meinte Fink und klatschte demonstrativ Beifall.

»Außerdem dauert es eine Zeit, das Shinai aus der Schutzhülle zu holen. Das macht kein Einbrecher, der plötzlich in einer Wohnung überrascht wird. Der nimmt höchst wahrscheinlich eine Bierflasche oder einen schweren Aschenbecher. Oder er macht sich gleich aus dem Staub. Du wusstest schon vorher, dass du meinen Verdacht auf eine bestimmte Person lenken wolltest. Aber du hättest besser recherchieren sollen.«

»Eine interessante Theorie.«

»Wir brauchen hier auch nicht weiter über die Vor- und Nachteile alter japanischer Waffen zu diskutieren, Torsten. Für uns ist wichtiger, dass dich Maria einwandfrei identifiziert hat, nachdem Rolf Naumann vor ein paar Stunden bei dir in der Wohnung die Festplatte und die Verträge mit den Schauspielern gefunden hat. Das war dreist, dass du die in meinem Beisein aus der Wohnung geschleppt hast. Das haben mir meine Kollegen ziemlich angekreidet, dass ich dich nicht sofort untersucht habe.«

»Das tut mir natürlich Leid. Ich hoffe, du kriegst jetzt keinen Ärger?«

»Ich konnte ihnen glaubhaft versichern, dass sie unser Köder waren, um dich zu stellen. Ganz so dumm sind wir auch nicht. Warum hast du die Sachen nicht einfach weggeworfen?«

Fink zuckte zusammen. Er war sich wohl zu sicher gewesen. Und er war wohl zu sehr mit seinen Gedanken bei Gaby gewesen.

»Und wieso habt ihr mich nicht gleich verhaftet?«, entgegnete er statt dessen.

»Du hättest dich leicht rausreden können. So eine E-Mail und eine Telefonnummer beweisen natürlich gar nichts. Na ja, und mit der Speichelprobe hat es halt etwas gedauert. Deshalb wollte ich sehen, wie weit du gehen würdest.«

»Das nimmt dir doch keiner ab, Knut.«

»Das ist wie mit den schlechten Krimis. Da weiß man auch schon lange, wer der Mörder ist, und trotzdem wird die Handlung immer weiter rausgezogen. Sonst wäre es ein kurzer Film. Außerdem bin ich in Köln für meine ungewöhnlichen Ermittlungen bekannt. Vielleicht sollte jemand mal ein Buch über mich schreiben. Aber wir kommen vom Thema ab. Was befindet sich denn jetzt eigentlich auf der Festplatte?«

»Das sage ich nicht.«

Knut sah ihn an.

»Komm Torsten, das kriegen wir doch auch so raus.«

»Aber ihr werdet es nicht verstehen können. Trotzdem begreife ich nicht, warum ihr ausgerechnet auf mich gekommen seit.«

»Am Anfang purer Zufall. Dann ein wenig Intuition. Und als es ernst wurde, hast du ganz schnell die Kontrolle über die Handlung verloren. Das kommt davon, wenn man sich nur auf seine eigenen Gedanken konzentriert.«

»Das kann sein«, meinte Fink zögerlich. »Aber wie ist dieser Naumann eigentlich in meine Wohnung gekommen?«

»Mit der Scheckkarte natürlich. Das machen die nicht nur im Tatort oder vielleicht in deinen schwedischen Krimis. Ich habe jetzt übrigens schon von mehreren Leute gehört, dass die gut sein sollen. Vielleicht kaufe ich mir auch mal einen. Da kann ich bestimmt noch was lernen. Oder du leihst mir eins von deinen Büchern.«

»Sehr lustig, Knut. Wie seid ihr reingekommen?«

»Ganz einfach. Mit deinem Schlüssel, den du an sein Schlüsselbrett gehängt hast, damit wir denken, dass ihr tatsächlich gegenseitig eure Blumen gießt. Es war natürlich schon hilfreich, dass du noch ein kleines Namensschildchen drangemacht hast. Sonst wäre uns das gar nicht aufgefallen. Wir haben natürlich einen ordnungsgemäßen Durchsuchungsbefehl, den ich dir auf dem Präsidium gerne zeigen kann.«

»Das war tatsächlich der Schlüssel, den ich ihm gegeben habe.«

Knuts Verwunderung war nicht gespielt.

»Ach nein. Und wo ist dann der Schlüssel von Andreas Hubert?«

»Den habe ich in den Rhein geworfen. Ganz so dumm bin ich ja auch nicht. Vielleicht müsst ihr jetzt doch Taucher einsetzen.«

Knut schien für einen Moment den Faden zu verlieren.

»Aber das mit den Blumen war hart an der Grenze«, sagte er nach einer kurzen Pause. »Ihr habt doch beide nur Sukkulenten. Die kommen schon ein paar Tage ohne Wasser aus.«

»Du bist ganz schön clever, Knut.«

»Hör auf mich zu verarschen. Sonst fahren wir sofort aufs Präsidium.«

»Okay. Dann sage ich jetzt nichts mehr.«

Knut blickte ihn mitleidig an.

»Vielleicht löst es deine Zunge, wenn ich dir verrate, dass wir zwischenzeitlich auch mit Chefredakteuren der Zeitschriften gesprochen haben, für die du schreibst. Das sind schon eigentümliche Druckerzeugnisse. Ich musste mir das auch aufschreiben. Deutsche Verkehrs Zeitung, Fernfahrer, Trans Aktuell, Verkehrs Rundschau, Kfz-Anzeiger, Lastauto Omnibus. Liest so etwas überhaupt jemand?«

»Es gibt noch viel mehr Zeitungen, Knut. Und zusammen sind das bestimmt eine Million Leser in Deutschland. Vielleicht auch ein paar mehr oder weniger. Es sind meistens dieselben Leute, die gleich mehrere Zeitungen lesen. Aber da steht immer nur dasselbe drin.«

»Das kann ich nicht beurteilen. Aber einige Chefredakteure haben gesagt, dass sie in keinster Weise bereit gewesen wären, einen größeren

Bericht über das Sponsoring von DAF für das Theater an der Ulrepforte zu veröffentlichen. Sie sagten, dass es da zu einer ganz gefährlichen Mischung von Interessen gekommen wäre.«

»Das ist mir neu.«

»Sie haben uns versprochen, darüber zu schweigen. Aber ich glaube, du stehst bei einigen Redaktionen eh auf der Abschussliste. Du lieferst offensichtlich nicht mehr pünktlich.«

»Das kann sein. Aber das mit DAF kann ich nicht nachvollziehen. Ich persönlich hätte doch nichts davon gehabt.«

»Die Chefredakteure haben gesagt, dass sie alles daran setzen, nicht in die Abhängigkeit der Nutzfahrzeugindustrie zu geraten.«

»Darüber kann ich nur lachen.«

»Das tut auch nichts mehr zur Sache. Aber DAF wäre höchst wahrscheinlich abgesprungen, und dein Freund hätte völlig ohne Geld dagestanden. Oder liege ich da falsch? Wir haben natürlich auch direkt bei DAF nachgefragt.«

Fink zog es wieder vor, zu schweigen.

»Du kennst doch den Rattenschwanz, den es nach sich zieht, wenn sich ein Geldgeber aus einem mühsamen Finanzierungskonzept plötzlich zurückzieht. Dann gerät das ganze Konstrukt ins Wanken. Das stimmt doch, oder?«

Fink nickte nur noch.

»Was ist am Samstagabend im Rheinauhafen passiert, Torsten?«

Fink blickte rüber zur Theke. Es war leer geworden im Stauss. Uwe spielte schon wieder die Corrs. Peter knobelte gelangweilt mit Jochen. Dirk spielte Flipper. Marita hing teilnahmslos an der Theke. Niemand würde ihn wirklich vermissen. Er fragte sich, ob er das Stauss vermissen würde. Im Vergleich mit dem Aufenthaltsraum einer Strafanstalt wahrscheinlich schon.

»Andreas ging mir zum Schluss nur noch auf die Nerven«, sagte er schließlich. »Mit seinem Partner hatte er sich total verkracht, und dieses blöde Theater an der Ulrepforte war von Anfang an eine Totgeburt. Er hat hauptsächlich darauf spekuliert, dass jede Vorstellung ausverkauft war, ohne es wirklich zu kalkulieren. Und der Rest waren Träumerein. Die guten Kabarettisten wären niemals von der Comedia oder dem Senftöpfchen weggegangen. Selbst wenn sie dort Monate auf einen Auftritt warten müssen. Aber Andreas sprach immer nur von seiner Vision. Und das kam in der Öffentlichkeit gut an. Und bei einigen Frauen.«

»Ich frage mich immer wieder, warum es alle Leute immer so in die Öffentlichkeit drängt. Oder in die Schnelle Rheinzeitung.«

»Für manche Leute ist es eine Sucht, Knut. Fast so wie mit Alkohol oder Zigaretten.«

»Das kann ich auch nicht nachvollziehen.«

»Ich schon. Aber alleine hätte er es nicht geschafft. Schließlich gab es keine Garantie für eine städtische Förderung. Also hat er Sponsoren gesucht. Bei den meisten ist er abgeblitzt. Zuletzt bei Toyota. Die stecken ihr Geld jetzt lieber in die Formel 1. Dann hat er mich gefragt, ob ich nicht für ihn ein gutes Wort einlegen könnte.«

»Das hast du dann getan?«, fragte Knut.

»Ich konnte nicht anders. Er war doch ein Freund. Ich wollte ihn nicht hängen lassen.«

»Das wäre in dem Fall aber besser gewesen.«

»Mag sein. Aber ich fand das plötzlich selbst spannend. Weißt du, diese Transportbranche ist ziemlich klein. Jeder kennt jeden, und alle wollen natürlich in die Zeitung, um auf ihre Lkw aufmerksam zu machen. Bei meinen Kontakten war es nicht sonderlich schwer, bei DAF Gehör zu finden. Und die fanden die Idee auch ganz gut. Holländischer Lkw-Produzent mit Deutschlandzentrale in Frechen fördert ein Freies Kölner Theater. Die hätten das auch gemacht, selbst wenn es in der Fachpresse nur eine kleine Meldung gegeben hätte. Die wollen einfach weg vom öffentlichen Image des Lkw als Umweltverpester und Autobahnblockierer. Kultursponsoring findet übrigens eher im Hintergrund statt. Da reicht auch schon der Aufdruck des Logos auf dem Werbematerial, um eine positive Resonanz beim Publikum zu erzeugen.«

»Aber trotzdem wollten sie wieder aussteigen.«

»Ich war wie vor den Kopf gestoßen, obwohl ich es befürchtet hatte. Diesen Herbst bricht der gesamte europäische Lkw-Markt um gut zehn Prozent ein. Plötzlich müssen die Hersteller an allen Ecken und Enden sparen. Letzten Freitag rief der Pressechef von DAF bei mir an und sagte, dass man überlegen müsse, die außerordentlichen Marketingaktivitäten zurückzufahren. Ich nehme fast an, dass die Amerikaner dahinter stecken.«

»Welche Amerikaner?«

»DAF gehört seit ein paar Jahren zum US-Konzern Paccar. Die europäischen Länderorganisationen müssen sich dort praktisch alles genehmigen lassen. Und du kennst ja das Verhältnis der Amis zu Kunst und Kultur.«

»Verstehe.«

»Noch war nichts entschieden. Ich wollte Andreas am Samstag beim Theaterbummel vorsichtig darauf vorbereiten. Aber er war so euphorisch und nicht zu bremsen. Und ich hatte plötzlich die Nase voll davon. Deshalb habe ich ihm diese E-Mail geschickt.«

»Das war natürlich sehr einfühlsam. Du bist wirklich ein Feigling. Aber das ist nur ein Teil der Wahrheit.«

»Ach?«

»Bei DAF hat man uns erzählt, dass sie einen Tipp aus der Kölner Theaterszene bekommen haben. Ein unbekannter Anrufer hat dem Pressechef wohl gesteckt, dass das ganze Projekt Theater an der Ulrepforte ziemlich wackelig sei. Da ist DAF ins Grübeln gekommen. Das ist schließlich ein seriöses Unternehmen.«

»Davon weiß ich nichts.«

»Das hat dir der Pressechef auch verschwiegen. Er wollte natürlich den guten Kontakt zu dir nicht aufs Spiel setzen. Für Hubert war die E-Mail trotzdem eine Katastrophe.«

»Stimmt. Er muss sie erst am Abend gelesen haben. Er rief mich an, als in der Comedia gerade Pause war.«

»Das kommt davon, wenn man sein Handy im Theater anlässt. Die Vorstellung war restlos ausverkauft, wie man uns gesagt hat. Es ist tatsächlich niemandem aufgefallen, dass du in der zweiten Hälfte der Show gar nicht im Saal warst. Die haben übrigens ein interessantes Programm. Das habe ich nicht gewusst, obwohl wir jahrelang unser Kommissariat direkt nebenan hatten. Und du kannst von Glück sagen, dass ich dich nicht gefragt habe, was sie an diesem Abend gespielt haben.«

»Ich hätte bestimmt irgendwas improvisiert. Diese Nummern sind doch eh immer alle gleich.«

»Du findest wohl auf alles eine Antwort?«

Fink lächelte vielsagend.

»Was wollte Hubert von dir?«, fuhr Knut fort.

»Er hat mich bedrängt, ihn zu treffen und ihm einen neuen Sponsor zu suchen. Das war natürlich recht aussichtslos. Finde mal jemanden, der so eben mal 50000 Mark in ein Theaterprojekt steckt.«

»Das dürfte tatsächlich nicht so leicht sein.«

»Ich bin in der Pause weg. Irgendwie fühlte ich mich natürlich mitschuldig an der Misere. Ohne meine Unterstützung und das Geld von DAF hätte er wahrscheinlich ganz die Finger davon gelassen. Deswegen wollte er mich treffen. Den Rest kennst du ja.«

»Nein«, sagte Knut und schüttelte den Kopf. »Den Rest kenne ich überhaupt nicht. Und gerade darauf bin ich gespannt.«

Er schaute Knut lange an.

»Es war ein dummer Zufall. Wir hatten uns nach der Vorstellung im Stollwerck verabredet. Aber ich bin früher weg, weil ich plötzlich ein schlechtes Gewissen hatte. Ich sah ihn, wie er mit der Plastiktüte aus dem Büdchen kam und dann die Bayenstraße runterging. Ich kenne natürlich den Platz im Rheinauhafen, an den Andreas sich immer zurückzog, wenn er nachdenken wollte. Eine ziemlich blöde und unwirtliche Stelle eigentlich, aber halt direkt vor der Haustür. Er war nur zu faul, zum Hyatt zu fahren. Von dort ist der Blick viel schöner, findest du nicht auch, Knut?«

»Komm zur Sache, Torsten«, mahnte Knut. »Ich habe jetzt wirklich keine Lust, mich mit dir über die verschiedenen Ansichten von Köln zu unterhalten. Für mich ist interessant, ob du ihn mit Absicht an eine einsame Stelle gelockt hast.«

»Das stimmt nicht. Wir waren im Stollwerck verabredet. Wir wollten in Ruhe ein Kölsch trinken. Das musst du mir glauben.«

»Dir glaube ich gar nichts mehr.«

»Dann halt nicht. Ich hatte Angst vor dem Treffen. Deshalb habe ich noch schnell in dem Büdchen an der Ecke Zigaretten gekauft. Immer, wenn ich nervös bin, muss ich eine rauchen. Das kommt noch von früher, als ich stundenlang in Dover in der Schlange vor dem Zollamt stand. Ich bin hinter ihm her und habe ihn beobachtet. Andreas hat mich nicht gesehen. Und wohl auch nicht gehört. Er hat sich auf diesen Doppelpoller gesetzt und nur auf den blöden grünen Dom gestarrt. Dann hat er jemanden angerufen. Und das klang nicht besonders nett.«

»Was hat er gesagt?«

»Er sagte etwas davon, dass derjenige nicht mehr aus der Sache rauskommen würde. Er war ziemlich wütend. Er wollte ihn richtig fertig machen.«

»Aber du wusstest doch, dass du nicht gemeint sein konntest.«

»Klar. Aber zu diesem Zeitpunkt wusste ich auch nicht, dass er mit Sandra gesprochen hat. Er hat keinen Namen genannt. Es wirkte für mich irgendwie unpersönlich. Aber dann sagte er plötzlich, es gäbe noch einen anderen Idioten, der meinte, ihn aufhalten zu können. Soll ich dir sagen, was der vor hat, hat er geschrien. Er war außer sich vor Wut.«

»Und dann?«

»Ich hatte plötzlich das Gefühl, dass es um mich ging. Aber ich wollte nicht, dass er schlecht über mich redet. Zu wem auch immer. Schließlich stehe auch ich in der Öffentlichkeit und habe einen Ruf zu verlieren.«

»Und da hast du ihn runtergestoßen?«

»Wo denkst du hin, Knut? Andreas ist aufgesprungen und fast gleichzeitig ausgerutscht. Ich bin noch zum Geländer hin und habe versucht, ihn festzuhalten. Aber ich kam zu spät.«

Fink sah plötzlich das Bild vor sich, wie Andreas ins Straucheln geriet, mit dem Kopf an den Poller schlug und von der Kaimauer rutschte.

Knut schaute ihn völlig fassungslos an. Es hatte ihm offensichtlich die Sprache verschlagen.

»Das ist nicht wahr?«

»Kannst du mir das Gegenteil beweisen?«

Knut machte eine lange Pause.

»So wie du das schilderst, war es tatsächlich ein tragischer Unfall. Aber ich glaube eher, dass du ihn vorsätzlich von der Kaimauer gestoßen hast.«

»Natürlich nicht. Er war doch ein Freund.«

»Das ist kein Argument. Warum bist du nicht einfach zur Polizei gegangen?«

»Ich sah ihn da unten liegen, eingeklemmt zwischen dem Kohleschiff und der Kaimauer. Auf dem Schiff war keiner. Ich bin den Steg runtergeklettert. Aber er war tot. Er hatte sich das Genick gebrochen. Ich war wie gelähmt.«

Knut sah ihn ungläubig an.

»Ich habe eine Weile nur dagestanden. Ich wusste nicht, was ich machen sollte. Danach bin ich ins Stauss. Ich hatte gehofft, dich dort zu treffen. Dir hätte ich das vielleicht gesagt. Du hättest mir vielleicht helfen können. Aber mit wem hätte ich sonst hier reden sollen?«

Peter und Jochen knobelten unentwegt und grölten dabei vor Freude. Dirk malträtierte mit beiden Fäusten den Flipper. Marita fiel plötzlich vom Hocker, rappelte sich aber gleich wieder hoch. Das regte niemanden mehr sonderlich auf.

Fink bestellte noch ein Kölsch.

»Dann habe ich gedacht, dass es eigentlich auch ein Unfall gewesen sein könnte. Es hat den ganzen Tag geregnet, die Steinplatten waren glatt. Nicht umsonst ist das ganze Hafengelände ja eingezäumt. Ich habe noch einmal genau überlegt, ob mich jemand gesehen haben könnte. Aber mir ist niemand aufgefallen. Wer geht auch schon so spät in den Rheinauhafen?«

Er zögerte einen Moment.

»Und bei Maria habe ich wirklich nicht im Traum daran gedacht, dass sie mich irgendwie damit in Verbindung bringen würde. Ich habe seine Schlüssel in den Rhein geworfen. Es war ein Reflex. Ich dachte, es wird eine Zeit lang dauern, bis man Andreas findet. Dummerweise habe ich vergessen, meine Zigarettenkippe aufzuheben.«

»Das ist verdammt gefährlich für dich, was du mir da sagst. So schnell kommst du mir mit deinen Ausreden nicht davon. Unfall, Mord oder Totschlag im Affekt ist schon ein gravierender Unterschied.«

»Ich denke, ich werde mir auf alle Fälle deinen guten Anwalt nehmen. Hast du zufällig seine Adresse dabei?«

»Bist du so kaltblütig oder tust du nur so?«

»Ich weiß, das wirkt vielleicht so. Aber jetzt ist es eh zu spät. Andreas ist nicht mehr zu retten. Und du kannst dir wahrscheinlich nicht vorstellen, wie ich gelitten habe. Am Sonntag hatte ich schon wieder Zweifel. Ich habe die ganze Zeit Radio Köln gehört, ob man ihn vielleicht schon gefunden hat. Mir ging es wirklich beschissen.«

»Deswegen hast du auch so beschissen gespielt. Ich hatte mich schon gewundert. Und wenn ein Kollege von mir Bereitschaft gehabt hätte, dann wärst du vielleicht tatsächlich einfach davon gekommen.«

»Ehrlich, Knut, ich wollte nach dem Fußballspiel mit dir darüber reden. Dann musstest du plötzlich in den Hafen. Ich wusste natürlich, was dich dort erwartet. Aber ich konnte es dir nicht mehr sagen.«

»Du hast wahrscheinlich eine ganze Menge Leute gehörig an der Nase herum geführt und bewegst dich auf ganz dünnem Eis. Warum das Ganze?«

»Ich glaube nicht, dass du das verstehen kannst.«

»Ich habe schon die seltsamsten Motive in meinen langen Jahren bei der Polizei kennen gelernt. Aber vielleicht kommt ja noch eine neue Variante dazu.«

Uwe brachte das Kölsch. Fink nahm einen großen Schluck.

»Es ist eine lange Geschichte.«

Knut blickte auf die Tür und sah auf die Uhr.

»Wir haben Zeit. Mach es trotzdem kurz.«

»Ich wollte eigentlich mal Lehrer werden. Mir fiel zu der Zeit einfach nichts Besseres ein. Ich habe Englisch und Geografie belegt. Dann bin ich Lkw gefahren, um mein Studium zu finanzieren. Das war eine geile Zeit. Immer unterwegs nach Spanien und Italien, um Obst zu holen, anstatt mich bei Phonetik oder Plattentektonik zu langweilen. Im Sommer brachte ich zur Abwechslung Schwangerschaftstests aus Irland mit zurück. Die Frauen an der Uni fanden das klasse. Manchmal habe ich sogar Kommilitoninnen im Lkw mitgenommen. So ein enges Führerhaus mit diesen schmalen Liegen kann schon ganz schön romantisch sein, wenn du nachts bei Regen irgendwo in einem Hafen auf die Verzollung oder Ladung wartest. Und als hier in Deutschland die ersten Kiwi auf den Markt kamen, habe ich damit glatt meinen Tektonik-Dozenten bestochen, weil ich eigentlich nie im Seminar war. Hat wunderbar funktioniert. Schließlich habe ich vor fünfzehn Jahren damit angefangen, meine Erlebnisse in diesen Fachmagazinen zu veröffentlichen.«

»Das hört sich doch gut an.«

»Dann habe ich Andreas getroffen. Der schleppte immer die ganzen Studentinnen ins Theater und machte sich unheimlich interessant, indem er das Englische Seminar mit Postern zuklebte und überall Handzettel verteilte. Und ich bekam plötzlich keine Schnitte mehr.«

»Wieso?«

»Wer interessiert sich schon wirklich für Lkw, Knut? Trucker und Transportunternehmer, ja klar. Die wollen das lesen. Aber hast du schon mal versucht, eine Frau ins Bett zu kriegen, wenn du dich mit ihr nur über die Leistungskurve von Dieselmotoren mit Turboladern oder die verschleißfreie Bremswirkung von integrierten Retardersystemen unterhalten kannst? Nach zehn Minuten haben sie entweder einen wichtigen Termin, den sie vergessen haben, oder urplötzlich ihre Tage.«

»Ist es so schlimm?«

»Keiner interessiert sich für das Thema. Zumindest nicht für die positiven Seiten. Die anderen Medien schreiben über Lkw nur im Zusammenhang mit großen Katastrophen wie dem Brand im Gotthard-Tunnel oder wenn sich ein Hamburger Redakteur auf dem Weg von seinem Landhaus in die City mal wieder von den vielen Brummis auf der rechten Spur belästigt fühlt. Keiner will was darüber wissen, dass unsere exportorientierte Wirtschaft auf den Lkw einfach angewiesen ist, die Deutsche Bahn AG ihre Dienstleistungen im Güterverkehr abbaut und die Nutzfahrzeuge immer nur im Stau der 43 Millionen Pkw stehen, die wir hier in Deutschland haben. Oder interessiert es dich vielleicht, was für eine logistische Leistung dahinter steckt, in einem Jahr eine Milliarde Dosen Bohnen an britische Supermärkte zu verteilen?«

»Nein«, sagte Knut. »Aber was hat das mit diesem Fall zu tun?«

»Im Laufe der Zeit gehst du nur noch auf Fachmessen, triffst gleichgesinnte Fachleute und wirst irgendwann zum Fachidioten. Du besuchst Spediteure, die ihren hundertsten DAF, Scania, Volvo, MAN, Renault, Iveco oder Mercedes-Benz kaufen, und du darfst trotzdem nicht schreiben, dass manche Hersteller von Lkw nur Mist bauen, weil sich kaum ein Fachmagazin traut, es zu veröffentlichen. Du wirst zur Präsentation von neuen Lkw eingeladen, du machst deine Bilder, du schreibst deine Texte, und du bist stolz darauf, wenn du sie dann gedruckt in der Zeitung siehst. Aber es interessiert keinen normalen Menschen. Noch nicht mal im Stauss. Und schon gar keine Frauen. Du bist ein Außenseiter. Anfänglich gehst du noch raus und schaust dir Theater oder Kabarett an. Dann bist du erfolgreich, arbeitest bis spät in den Abend und verlierst alle deine sozialen Kontakte. Irgendwann hängst du allein in der Kneipe und schaust dir belanglose Fußballspiele von überbezahlten Jungmillionären an.«

»Ich finde, du übertreibst etwas in deinem Selbstmitleid. Aber du hast meine Frage immer noch nicht beantwortet.«

»Weißt du, was auf der Festplatte ist?«

»Nein. Das habe ich dich doch eben schon mal gefragt.«

»Alle meine Reportagen.«

»Wie bitte?«

»Ja, alle meine Reportagen. Ich habe Andreas einen Scanner besorgt und ihm Geld dafür gegeben, dass er meine Geschichten aus den Magazinen raustrennt und sie für mich einscannt. Die Zeitungen sind mir zu Hause einfach über den Kopf gewachsen. Und das hat er schamlos ausgenutzt.«

»Was?«

»Er hat mich erpresst.«

»Womit?«

»Mit meinen Reportagen.«

»Das verstehe ich nicht.«

»Weißt du, Knut. Ich schreibe für ziemlich viele Fachmagazine. In Deutschland und in ganz Europa.«

»Schön für dich. Dann verdienst du bestimmt eine Menge Geld. So eine Wohnung am Auerbachplatz kann sich bestimmt nicht jeder leisten.«

»Ja, aber ich schreibe immer dasselbe.«

»Das musst du mir erklären.«

»Redakteure von Fachmagazinen sind wie Theaterleute. Die haben immer nur ihre eigenen Geschichten im Kopf. Dann fällt denen gar nicht auf, wenn du immer dasselbe schreibst und möglichst weit streust.«

»Aber Andreas ist das aufgefallen.«

»Daran habe ich im Traum nicht gedacht. Er hatte plötzlich alles auf einen Blick. Schön säuberlich eingescannt.«

»Das ist natürlich ein dicker Hund.«

»Andreas hat gesagt, wenn das Geld von DAF oder einem anderen Hersteller nicht kommt, dann schickt er eine CD mit allen meinen Reportagen an meine Chefredakteure.«

»Das ist ja hart. Und das von einem angeblichen Freund. Da hast du dich aber in eine ganz schöne Zwickmühle hineinmanövriert.«

»Ich wäre erledigt gewesen. Dann hätte ich höchstens wieder Lkw fahren können. Und das ist keine besonders rosige Aussicht. Das ist nämlich ein knochenharter Job. Und den möchte ich nicht mehr machen, auch wenn ich immer wieder darüber schreibe, wie toll er ist, um die Männer auf der Straße moralisch zu unterstützen.«

»Aber warum hast du das Ganze nicht einfach verschwiegen? Höchstwahrscheinlich wäre niemand dahinter gekommen, und wir hätten noch einen weiteren ungeklärten Todesfall in Köln.«

Fink seufzte tief.

»Weißt du, Knut. Ich habe vor ein paar Monaten auf einer Singleparty im Alten Wartesaal eine klasse Frau kennen gelernt. Diese schöne Redakteurin der Schnellen Rheinzeitung, von der ich all die Informationen über die Kölner Theaterszene bekommen habe. Wir waren beide beruflich da. Irgendwie hat es direkt gefunkt. Gaby ist hochgradig intellektuell und dazu noch eine absolute Rakete im Bett. Eine seltene, aber brisante Mischung. Unsere erste Nacht war großartig.«

»Das ist doch toll.«

»Dann hat Gaby mich ins Theater mitgenommen. Zu den Premieren. Als Kritikerin hatte sie immer zwei Freikarten.«

»Das ist doch auch klasse. Das würde ich mir auch manchmal wünschen.«

»Ach Knut, was weißt du schon. Früher war ich oft im Theater. Das hat noch Spaß gemacht. Heute ist das Risiko zu groß.«

»Warum?«

»Ich finde die meisten Aufführungen einfach nur langweilig. Die Stücke von Nigel Perry waren da eine von wenigen löblichen Ausnahmen. Aber so weit ich weiß, kriegt Perry heute keinen Pfennig Geld von der Stadt. Er hat keine Lobby mehr, seit er nicht mehr mit Andreas zusammenarbeitet. Er kann sich einfach schlecht verkaufen.«

»Ach was?«

»Tja, das ist wirklich schade. Ich verstehe wirklich nicht, was da zum Teil gefördert wird. Und wenn du später auch noch die Kritik in der Zeitung gelesen hast, denkst du, du hast eine Weltsensation verpasst. Aber bis du rausgefunden hast, dass das nicht stimmt, bist du arm bei diesen Eintrittspreisen. Denn auf die Kritiken kannst du dich nicht verlassen.«

Knut schaute ihn mahnend an.

»Erzähl nur weiter. Du bist gerade dabei, dir auch noch die letzten Freunde in Köln zu vergraulen.«

»Gaby konnte sich das nicht aussuchen. Sie musste überall hin. Zu allen Premieren. Zum Schluss in die Studiobühne. Ein Theaterfestival. Es war gruselig, Knut. Ich habe nichts mehr verstanden, Knut. Absolut nichts. Vielleicht bin ich auch schon zu alt dafür. Erwachsene Frauen, die sich nackt auf den Boden werfen und sinnloses Zeug von sich geben. Aber Gaby wollte unbedingt mit mir darüber reden. Und mir ist nichts dazu eingefallen. Ich fand es einfach unkonkret. Genau das habe ich gesagt. Unkonkret. Ganz anders als im Kabarett. Da hat sie mich nur noch ausgelacht und nach Hause geschickt. Außerdem meinte sie, ich würde zu viel Fußball schauen.«

»Da hat sie sicher nicht Unrecht.«

»Jetzt fall du mir nicht auch noch in den Rücken.«

»Ja, ja. Männer und Frauen. Die alte Leier. Auch als Hauptkommissar ist es nicht einfach, eine passende Frau zu finden.«

»An dem Abend in der Studiobühne war Andreas auch da. Er ging zu vielen Premieren, um Schauspielerinnen für sein Projekt zu finden. Er hat

Gaby sofort von seinem neuen Theater erzählt, und schon hat sie mich einfach stehen lassen. Das ging ganz schnell.«

Knut starrte ihn an.

»Das glaub ich tatsächlich nicht.«

»Was?«

»Du hast deine sichere Deckung verlassen, nur um wieder mit dieser Frau von der Zeitung in Kontakt zu kommen?«

»Die Idee kam mir in der Nacht, bevor ich in die Wohnung ging. Du wärst doch sehr schnell drauf gekommen, dass ich etwas mit dem Tod von Andreas Hubert zu tun haben könnte. Du bist ein guter Hauptkommissar. Es gab zu viele Verbindungen mit ihm. Das fing schon bei diesen Handzetteln an. Ich hätte nie geglaubt, dass sich einer danach umdreht.«

»Hätte ich auch nicht. Wenn ich nicht einen davon bei einem Toten gefunden hätte. Warum hast du die nicht gleich entsorgt?«

»Ich war mit meinen Gedanken ganz woanders.«

»Bei dieser Gaby?«

»Das war später. An dem Abend nach unserem Fußballspiel habe ich mir eigentlich nur Sorgen gemacht, wie es mit dem FC weitergehen soll. Dann wollte ich einen Zeitvorteil herausschinden. Wenn ich schon nicht mir ihr über konkrete Theaterinhalte reden kann, dann wenigstens über das Theater an sich und den Klüngel bei der Förderung in unserer Stadt. Da konnte ich nach Herzenslust recherchieren. Und plötzlich war ich sogar für sie wieder interessant. Vielleicht hat sie sich auch nur erhofft, dass dabei etwas für ihre Kolumne abspringt. Ich weiß es nicht. Sie hat mich sogar zu einer Premiere ins Sachsenring eingeladen. Das Drama einer Kunstlehrerin. Ich wollte natürlich versuchen, mich davor zu drücken. Wahrscheinlich hat Gaby jetzt endgültig die Hoffnung aufgegeben.«

Fink konnte ein Seufzen nicht unterdrücken.

»Schade eigentlich.«

Knut schaute nur fragend.

Fink zog den Zeitungsartikel aus seiner Jackentasche, sah ihn kurz an und legte ihn auf den Tisch.

»Das ist Gaby. Eine schöne Frau, nicht wahr? Diese Zeitung habe ich übrigens kürzlich bei meinem Freund Andreas gefunden.«

Knut betrachtete lange das Foto.

»Ich weiß. Torsten, sei wenigstens jetzt ehrlich. Du wolltest nur noch mal mit dieser Frau ins Bett und hast ihr gewaltig einen vorgemacht.«

Knut sah zur Tür.

»So kann man das nicht sagen«, entrüstete sich Fink.

»Tja. Wie auch immer du das sagen willst. Da bin ich dir wohl leider etwas zu früh dahinter gekommen. Aber du scheinst sie tatsächlich mächtig beeindruckt zu haben. Und Naumann hatte Recht. Sie ist eine sehr schöne Frau.«

Fink fuhr herum. Gaby stand in der Tür und blickte suchend durch den Raum. Peter und Jochen hörten sofort auf zu knobeln. Dirk ließ seine Kugel durchlaufen.

Gaby trug einen hochgeschlossenen roten Wollpullover unter ihrem langen schwarzen Mantel. Das Haar hatte sie mit einer roten Spange hochgesteckt. Als sie Fink entdeckte, zog ein freudiges Lächeln über ihr Gesicht.

»Ihr habt mich also auch mit Gaby beobachtet?«

»Natürlich. Ich kann jetzt schon verstehen, warum du diesen Affentanz aufgeführt hast.«

»Hallo«, sagte Gaby, als sie an den Tisch herantrat. »Schön, dich doch noch zu sehen. Irgendwie wollte ich dich noch überraschen. Ich hatte nur befürchtet, du wärst schon nach Hause gegangen.«

»Hier ist sein Zuhause«, sagte Knut.

»Ich bin etwas verwirrt«, antwortete Fink, ohne auf Knuts Einwand einzugehen. »Ich hätte nicht damit gerechnet, dich heute noch wiederzusehen. Ich wollte nämlich gleich doch noch in die Studiobühne kommen. Ich bin hier nur etwas aufgehalten worden.«

»Schade. Es hätte mich gefreut. Ich war noch auf der Premierenfeier und habe mich mit ein paar Leuten über das neue Förderkonzept der Stadt Köln unterhalten. Das kann in ganz Köln keiner nachvollziehen. Und ich kann die Begeisterung der Stadt Revue für die kontinuierliche Ensemblearbeit des Suse-Weingarten-Ensembles nicht verstehen. Es war eindeutig zu lang und zu didaktisch. Kein Wunder, wenn der Leiter ein Lehrer ist. Aber da hat wohl jeder Kritiker seine eigene Meinung.«

Sie lächelte unaufhörlich.

»Und selbst? Ist der Fußball schon vorbei.«

»Ja. 2:2 unentschieden.«

»Sind die Bayern jetzt raus?«

»Nein, das ist noch die Punkterunde.«

»Das verstehe ich nicht«, sagte sie und kicherte. »Wie die Abseitsregel. Vielleicht kannst du mir das ja mal in Ruhe erklären.«

»Bestimmt.«

»Du machst jetzt ganz schön Furore mit deinen Recherchen. Das spricht sich in Köln ganz schnell rum. Es gibt da ein paar Leute, die dich unbedingt treffen wollen. Das finde ich klasse. Fast interessanter als das ganze Freie Theater in Köln und diese eingebildeten Schauspieler, Regisseure und Theaterleiter, die ständig um einen rumbuckeln, nur damit man etwas Positives über sie schreibt.«

»Das freut mich.«

»Schließlich wurde es langweilig. Diese Theaterleute können doch nur über Theater reden. Die interessiert nichts anderes. Und zuhören können sie schon gar nicht. Da dachte ich mal, ob ich dich hier noch finde. Ist ja ganz in der Nähe.«

»Ja, das stimmt.«

»Und? Willst du noch lange bleiben?«

Fink musste schlucken.

»Weiß nicht.«

»Vielleicht können wir zwei ja gleich noch was zusammen machen. Es gibt da rund um den Friesenplatz ein paar richtig nette neue Lokale. Wir könnten ins Alex gehen.«

Urplötzlich trat Dirk wutentbrannt gegen den Flipper.

»Da ist es etwas ruhiger.«

Fink blickte zur Uhr. Es war kurz vor eins.

»Keine schlechte Idee«, antwortete er ausweichend. Dann deutete er auf Knut. »Das ist übrigens der nette Hauptkommissar, von dem ich dir erzählt habe. Dank deiner Hilfe, Gaby, steht der Fall jetzt kurz vor der Auflösung.«

»Und?«, fragte sie. »Willst du es mir nicht verraten, wer es war? Doch wohl nicht die Sandra, diese Schlampe?«

Sie legte ihre Hand auf sein Knie. Ihr Lächeln war wieder bezaubernd und beängstigend zugleich. Er verspürte einen tiefen Stich in der Herzgegend.

»Darüber darf er zum jetzigen Stand der Ermittlungen leider nichts sagen«, warf Knut ein. »Es gibt nämlich noch ein paar ungeklärte Fragen.«

Knut stand auf.

»Ich werde mal für uns beide zahlen, Torsten. Und dann sollten wir gehen.«

»Knut ...?«, murmelte er.

»Du weißt, dass wir noch etwas vorhaben. Wir müssen noch mal ins Polizeipräsidium. Du hast es mir versprochen.«

»Tja, die Recherche geht vor«, lachte Gaby. »Das kenne ich. Das ist das Los von uns Journalisten. Aber das macht nichts. Die Zeit läuft ja nicht weg. Dann will ich dir nur schnell noch was zeigen.«

Sie holte zwei Eintrittskarten aus ihrer Handtasche.

»Leverkusen gegen Köln am Samstag. Die habe ich einem Kollegen aus der Sportredaktion abgeluchst. War nicht so einfach.«

Sie blickte ihn mit ihren grünen Augen an. Sehnsüchtig.

»Ich würde mich freuen, wenn du mitkommst. Ehrlich.«

»Das ist schön«, sagte er. »Damit hätte ich jetzt nicht gerechnet.«

Knut wartete bereits am Ausgang.

Mit einem Ruck stand Fink auf, gab Gaby einen flüchtigen Kuss auf die Wange.

»Ich fürchte, ich kann am Samstag nicht. Ich muss ganz kurzfristig weg. Und das wird wohl eine etwas längere Reportage.«

»Mensch Torsten, du kannst doch nicht immer nur an die Arbeit denken.«

Er überlegte lange, was er sagen sollte. Zu einem früheren Zeitpunkt wäre es vielleicht cool gewesen. Jetzt würde er ein Herz brechen.

»Ich ruf dich an, Gaby.«

Er wandte sich ab und trat halb benommen vor Enttäuschung ins Freie. Die frische Luft brachte ihn in die Wirklichkeit zurück. Uwe ließ die Roll-Laden runter und löschte die Leuchtreklame. Das Stauss lag im Dunkeln. Nur die blau erleuchtete Wohnung über dem Demmer warf einen matten Schein auf die Zülpicher Straße.

Gaby stand in der Tür und sah zu ihnen herüber. Ihr Gesicht war eine einzige Frage.

»Komm«, sagte Knut und legte seinen Arm um seine Schultern. »Lass uns gehen.«

»Scheiße ...«, fluchte Fink.

»Das kannst du laut sagen«, antwortete Knut.

»Sie ist tatsächlich gekommen.«

»Nicht wegen dir, Torsten. Bestimmt nicht wegen dir. Die arbeitet für eine Zeitung. Die ist nicht aus Liebe gekommen.«

»Das ist nicht wahr, Knut. Sie ist wegen mir gekommen.«

»Seit wann verstehst du die Frauen?«

»Seit heute Abend schon.«

»Komm, erzähl nichts. Aber vielleicht liege ich ja auch falsch. Dann hast du dich gehörig verzockt. Aber das kann dir auch egal sein. Was nützt es dir jetzt noch?«

»Glaubst du, sie wird auf mich warten?«

»Jetzt bestimmt nicht mehr. Und das geschieht dir recht. Gefängnis allein ist doch heute keine Strafe mehr. Aber wenn du willst, werde ich mich um sie kümmern.«

Fink blieb stehen.

»So weit sind wir noch lange nicht, Knut. Aber eins musst du mir trotzdem verraten. Hast du das mit Gaby etwa arrangiert?«

Ein mitleidiges Lächeln zog über Knuts Gesicht.

»Nein, natürlich nicht. Aber ich hatte natürlich gehofft, dass sie kommt, nachdem was Naumann mir erzählt hat. Meinst du, ich wäre sonst so lange mit dir im Stauss geblieben? Ich hatte so ein unbestimmtes Gefühl. Ich hätte mich natürlich auch täuschen können. Frauen sind unberechenbar.«

»Du bist ein Arschloch, Knut.«

»Mag sein. Das sagen alle, die ich erwischt habe. Aber ich habe keine Lust mehr, mich in diese grundsätzlichen Diskussion um Männer und Frauen einzulassen. Das bringt nichts. Deswegen gehe ich auch nicht mehr ins Theater. Mir geht es um Fakten und Indizien. Mich interessiert etwas anderes viel mehr.«

»Und was?«, fragte Fink. Er war plötzlich sehr müde.

»Es ging nicht nur um dieses Sponsoring von DAF.«

»Sondern?«

»Es ging um Gaby.«

Er blieb wieder stehen.

»Wie kommst du jetzt darauf?«

Knut hatte bereits seinen Wagen erreicht und öffnete die Tür.

»Andreas hat dir diese Frau ausgespannt.«

»Das hatte ich auch zuerst gedacht«, sagte Fink und stieg in den Wagen ein. »Aber es ist nicht so. Auch wenn es ihr Lippenstift war, der an dem Kaffeepott war.«

»Ach, das ist ja interessant.«

Ich habe nichts mit Andreas gehabt, hatte sie gesagt. Er konnte einfach nur gut zuhören. Das können nicht viele Theaterleute.

»Versprichst du mir, das für dich zu behalten? Ich will nicht, dass sie dadurch Ärger bei der Schnellen Rheinzeitung bekommt.«

»Versprochen, Torsten. Aber es war wirklich kein tragischer Unfall. Du hast Andreas Hubert aus reiner Eifersucht und mit voller Absicht von der Kaimauer gestoßen.«

Fink starrte schweigend nach vorne. Knut zuckelte erst hinter der Linie 9 her und bog dann links in die Universitätsstraße ab. Weit oben im Englischen Seminar brannte noch ein einsames Licht.

Fink musste leise lächeln. Die Zeit in der Cafeteria. All das potenzielle Wissen. All die vielen, jungen, intelligenten und hübschen Studentinnen. So leicht zu beeindrucken.

Dann die gemeinsame Arbeit mit Andreas über die Frauengestalten bei Shakespeare. Der alte englische Meister hatte tatsächlich Recht. Die ganze Welt ist eine Bühne. Und die Frauen sind an allem schuld.

Es war eine tolle Zeit. Aber irgendwann war Andreas abgedreht. Seine Arbeit für die AOL Theatre Company hatte ihm nicht mehr genügt. Er wollte reich und berühmt werden. Vor allem berühmt. Koste es, was es wolle.

Das Theaterprojekt war eine totale Schnapsidee. Nicht zu finanzieren. Also auch nicht zu verwirklichen. Ohne eine anständige Förderung kann ein Freies Theater nicht existieren. Weder in Köln noch in irgendeiner anderen Stadt.

Doch davon wollte Andreas nichts wissen. Er hatte keine Alternative, nachdem er sich von seinem Partner getrennt hatte, der lieber Hausautor in einem Kellertheater sein wollte. Kein Beruf, kein Geld, keine Zukunft. Also musste er weiter Theater machen. Schließlich hatte er alles auf eine Karte gesetzt. Und dann hatte die Eitelkeit auch noch über die Vernunft gesiegt.

Und trotzdem hatte Fink ihn immer mehr beneidet. Andreas sah gut aus, konnte gut reden und hatte Erfolg bei den Frauen. Besonders bei jungen, unerfahrenen und aufstrebenden Schauspielerinnen.

Und bei Gaby.

Er hätte es wissen müssen. Andreas hatte es immer gesagt. Frauen sind auf Dauer mit Lastern nicht zu beeindrucken.

Aber das war nicht der Grund, Andreas von der Kaimauer zu stoßen. Er atmete tief durch.

Andreas wurde immer mehr zur Gefahr für sein eigenes, unspektakuläres, aber sehr klar strukturiertes Leben. Lastwagen und Fußball. Hin und wieder etwas Kabarett. Aber da konnte er auch nicht wirklich mitreden, sondern nur die Wortgewalt der Künstler bewundern. Einiger Künstler zumindest.

Natürlich hatte er mit seiner Arbeit auch ein Publikum gefunden. Ein kleines, aber interessiertes Fachpublikum, das ihm ein gutes Einkommen bescherte. Und eine Wohnung mit Balkon über dem Auerbachplatz.

Aber Andreas war immer da. Mit immer neuen Ideen. Mit immer verrückteren Projekten. Irgendwann konnte er die Dinge nicht mehr richtig trennen. Sie gerieten immer wieder durcheinander.

Und er konnte einfach nicht nein sagen.

Außerdem hatte Andreas angefangen zu trinken.

Er wollte ihn aus seinem Wahn aufwecken. Sein Mütchen kühlen, bevor er andere Leute mit ins Unglück riss.

Das allerdings war gehörig schief gegangen. Vor allem das Malheur mit den Zigaretten war dumm. Daran hatte er absolut nicht gedacht. Andreas war schuld, dass er wieder mit dem Rauchen angefangen hatte. Und er hätte die Handzettel lieber gleich auf der Schildergasse wegwerfen sollen.

Sie hatten die Zoobrücke erreicht. In der Ferne strahlte grün der Dom.

Gaby war eine tolle Frau. Und sie hatte verdammt viel Ahnung vom Theater. Aber er hätte sie auf Dauer wohl doch nicht wirklich befriedigen können. Jedenfalls nicht intellektuell.

Fast hätte er es geschafft, sie noch einmal für sich zu gewinnen. Die falschen Fährten waren die einzige Chance gewesen, wieder ihr Interesse zu wecken. Die Idee mit dem fingierten Einbruch war ihm spontan gekommen. Zum Glück hatte er überhaupt die Festplatte im Computer gefunden. Und natürlich hatte er keine Ahnung, was da wirklich drauf war.

Er sah Andreas vor sich, wie er ihn mit großen Augen und voller Schrecken anstarrte, als er versuchte, auf der glatten Kaimauer Halt zu finden.

Er hätte ihn sicher todesmutig wieder aus dem Rhein gerettet. Wie hätte er auch wissen können, dass unten ein Kohleschiff vor Anker lag?

Er drehte sich wieder um. Knut war ein guter Hauptkommissar. Und Knut war ein guter Torwart. Nun ja, meistens jedenfalls. Fraglich, ob sie jemals wieder zusammen spielen könnten. Wahrscheinlich musste er sich bald eine neue Mannschaft suchen.

Schade auch um die Freikarten. Er war noch nie in der BayArena.

Er blickte kurz zur Fahrerseite.

»Eine schöne Theorie, Knut.«

»Es ist nicht sonderlich schwer nachzuvollziehen, warum du deinen Freund von der Kaimauer gestoßen hast.«

»Aber was nützt es dir, wenn ich es dir nicht erzähle?«

Ende

Epilog

Köln im Herbst 2002.
Die Holzbrücke am Museum für Ostasiatische Kultur wird gerade frisch gestrichen. Alles ist wie früher. Fast alles. Der Theaterbummel wurde auf den zweiten Samstag im September verschoben. Die heftigen Proteste der Kölner Theaterkonferenz und die kritische Berichterstattung in der Schnellen Rheinzeitung haben dazu geführt, dass auf Initiative von CDU und FDP insgesamt 500.000 Euro mehr für die Förderung der Freien Theater in Köln zur Verfügung gestellt wurden. Die Theaterkonferenz sprach vom Beginn einer neuen Ära, worauf die unabhängige Theaterjury zurücktrat. Kurze Zeit später begannen heftige interne Streitereien in der Theaterszene, wie das Geld sinnvoll zu verteilen sei.

Torsten Fink konnte seine Reportage über die Wirtschaftlichkeit von Breitreifen auf der Vorderachse von Sattelzügen nicht mehr pünktlich abliefern. Er verbrachte mehrere Tage in Untersuchungshaft, bevor ihn ein guter Anwalt wieder rausholte. Hilfreich dabei war das zweite Schlüsselpaar zur Wohnung von Andreas Hubert. Beim Abladen des Kohleschiffes in Mannheim war es dem Kapitän vor die Füße gefallen. Bei der späteren Gerichtsverhandlung konnte Fink ein Mord nicht nachgewiesen werden. Die Richterin schloss sich der Argumentation des Anwalts an, dass es sich um einen tragischen Unfall unter starkem Alkoholeinfluss gehandelt haben musste. Fink wurde wegen Diebstahls und falscher Verdächtigung lediglich zu einer Geldstrafe verurteilt. Seine sachdienlichen Hinweise, die in erster Konsequenz zu einem bundesweit Aufsehen erregenden Skandal führten, wurden lobend erwähnt. Spurlos ist das Geschehen trotzdem nicht an ihm vorübergegangen. Er schreibt jetzt deutlich weniger kritische Reportagen. Und am Wochenende spielt er als Libero für Schönheit und Ausdauer.

Nigel Perry sagte die Premiere seines neuen Theaterstückes über William Shakespeare wieder ab. Nach 15 Jahren, in denen er als Autor, Schauspieler und Regisseur der AOL Theatre Company in Köln einen großen Freundeskreis gewonnen hatte, musste er feststellen, dass für die kontinuierliche Förderung eines englischsprachigen Theaters in der Medienmetropole Köln keine finanziellen Mittel zur Verfügung stehen und er keine

Lobby in der Stadt hat. Nun plant er eine One Man Show, die ultimativ kostengünstige Möglichkeit, überhaupt ein Theaterstück auf die Bühne zu bringen – ohne Schauspieler, ohne Bühnenbild, ohne Requisiten, ohne Poster und ohne Handzettel.

Sandra Wechselberger erlebte mit ihrer neuen Comedy-Reihe „Täglich Hinter Gittern" einen bösen Flop. Die Sendung wurde nach der ersten Staffel eingestellt. Ihr Song „Warte, warte auf den Walter" schied bereits vor der Vorentscheidung zum European Song Contest aus. Sie studiert jetzt Medien- und Kommunikationswissenschaften und macht hin und wieder Kindertheater bei den Klempnern. Abends jobbt sie im Stauss.

Gaby Lange schreibt in der Schnellen Rheinzeitung jetzt nur noch die Kolumne über die Kölner Society. Obwohl die Kölner Kriminalpolizei dicht gehalten hatte, war es in der Szene durchgesickert, dass sie eine zu intensive Nähe zu einem Theaterleiter pflegte. Köln ist eine geschwätzige Stadt. Gaby Lange arbeitet halbtags und wohnt mit Hauptkommissar Knut Ohlsen in einer Reihenhaussiedlung in Königsdorf. Ihr gemeinsamer Sohn heißt definitiv nicht Torsten. Aber sie ist sich nicht ganz sicher, wer der Vater ist – das behauptet sie jedenfalls manchmal so zum Spaß im Kreise ihrer Freundinnen. Der 1. FC Köln ist in die zweite Liga abgestiegen, strebt aber nach Aussage von Dirk Lottner den sofortigen Wiederaufstieg an. Andere Mannschaften wollen das verhindern. Stauss und Behinderungen konnte zu Beginn der neuen Saison fünf herrenlose Sportstudenten von der Jahnwiese verpflichten. Angeblich war Alkohol im Spiel. Die Mannschaft ist jetzt der Schrecken der Bunten Liga. DAF hat pünktlich zur IAA in Hannover die erfolgreiche Baureihe XF überarbeitet und noch windschlüpfriger gemacht. Das Design wurde abgerundeter und weiblicher. Der Containertransport auf dem Rhein verzeichnet weitere Zuwachsraten. Darüber hat jetzt sogar der Spiegel berichtet. Der Rheinauhafen wird endlich saniert. Kohleschiffe sollen dort in Zukunft nicht mehr ankern dürfen. Nur die alte Postfiliale am Kartäuserwall wartet immer noch auf eine sinnvolle Bestimmung.

Weitere Titel BOD Regional

Rolf Axel Jochum: Rache

ISBN 3-8334-3555-0, Pb, 276 S., EUR 14,90

Der Richter einer Strafkammer wird auf seinem Abendspaziergang hinterrücks erschlagen. Hauptkommissar Bonrath von der Darmstädter Kripo geht von einem Racheakt aus. In die Ermitt-lungsarbeiten hinein platzt ein zweiter Mordanschlag auf dem Parkplatz eines Nobelbordells. Die Spuren führen in die Justizvollzugsanstalt Weiterstadt.

Sandra Lüpkes: Wellengang

ISBN 3-8334-0706-9, Pb, 136 S., € 8,90

Die dreizehn Krimis, die von Dorftratsch, Sturmfluten, Provinzeiern und Ehedra-men zwischen Dünen und Deich erzählen, versprechen Spannung auf engstem Raum und bereichern die norddeutsche Landschaft um kleine kriminalistische Glanzlichter. Sandra Lüpkes, erfolgreiche Autorin zahlreicher Kriminalromane, brilliert auch auf der Kurzstrecke.

Rüdiger Fröhlich: Der Code des Lebens

ISBN3-8334-0706-9, Pb, 100 S., € 7,95

Eine Goldschmiedin ist bestialisch ermordet worden. Hatte es der Mörder auf Gold und Diamanten abgesehen? Die Polizei verdächtigt zunächst zwei Mitar-beiter der Goldschmiede am Holstentörn. Plötzlich bricht ein Mann in die Wohnung der Toten ein. Was hat er dort gesucht? Die Hafenstadt wird Schauplatz eines fesselnden Katz und Maus Spiels.